世田谷駐在刑事《せたがやちゅうざいでか》

濱 嘉之
Hama Yoshiyuki

講談社

世田谷駐在刑事

プロローグ　暴力団事件Ⅰ

拳銃発砲事件

「警視庁から各局、山手西管内、発砲事件」

一一〇番の指令が入った。

暴力団系金融機関の社長が帰宅時に玄関前で何者かに発砲され重傷を負い、社長の傍にいたボディーガードが車両で逃げようとする犯人に発砲、被疑車両の運転手に命中した。助手席と後部座席に乗っていた二名がこれに応戦しながら、徒歩でいずれかの方向に逃走したという。

こういう時に真っ先に現場にやってくるのが、機捜こと機動捜査隊だ。彼らは、自分たちが担当する方面の分駐所に勤務しており、事件が発生すると緊急車両のサイレンを鳴らして現場に急行する。

流しのタクシーが車両センターから予約を受けるのに似ているが、何もない夜間には主に覚醒剤や拳銃の所持犯人を狙って、暴力団風の者や覚醒剤の売人に的を絞って職務質問を行っている。機捜で実績を上げれば、警視庁本部勤務への道が開けてくるのだ。

一一〇番指令から十分もしないうちに、機捜車両の現着（現場到着）報告が受令機を通して聞こえてくる。サイレンの音はしない。

「現場付近では赤色灯及びサイレンの吹鳴《すいめい》を停止せよ」

警視庁本部の通信指令本部から、逃走被疑者に警察の接近を知らせないよう、また犯人の神経を苛立たせないように、パトカーの屋根に設置されている赤色灯を消し、サイレンを鳴らさずに現場へ向かえという指示が出ているためである。

逃げている相手が手負いの熊なら、追うのはどこまでも集団で獲物を追い詰める狼だ。

地域課の警察官はＰＣ（パトロールカーの略）一台を現場に急行させて双方の被害者の確保と救急隊への引き継ぎをさせるが、その他の者は犯人検挙を考えるのが当然である。しかしそれ以上に一般の住民が事件に巻き込まれないように様々な措置を講じなければならない。立ち入り禁止区域の設定や、通行人の誘導、マスコミの取材規制など直ちに動かねばならないのだ。

一方でこういった事件の場合、所轄の刑事も張り切る。宿直員は最少人員を本署に残して、総動員態勢で逃走方向や潜伏場所を検索するのである。少なくとも機捜より所轄は土地勘がある。

小林が駐在所で対銃器防護服を着て、鉄ヘルメットを被り、警戒に出かけようとしたその時、所轄刑事課の強行犯担当刑事が覆面ＰＣでやってきた。

「小林係長、この辺で夜が明けるまで隠れるとしたら、どこがベストですか？」

「そうだな、個人の家でなければ、大山神社かその先のグリーンハイツマンションだろうね」どちらも緑地が広く、マンションも四階建てが十数棟立つ高級住宅地域だった。「しかし、この辺の家は下手な公園より広いからね。ただし、セキュリティーには気を遣っているから、やっぱりそこには入らないだろうな」

「ありがとうございます。大山神社に向かってみます」

車に乗り込むと、刑事はあっという間に行ってしまった。

重装備で一気に体重が十キロくらい増えたような感じだったが、小林も防弾盾を携行して自転車で大山神社に向かった。

小林健《たけし》、警視庁山手西警察署学園前駐在所勤務の警部補、四十一歳である。

駐在所と聞くと、「田舎の山の中にある警察施設」というイメージが定着している。まさか東京二十三区の、しかも世田谷区や杉並区にこの施設があることを知っている人は、その地域の住民くらいのものだろう。

山手西警察署は警視庁百二警察署の中で、東京都二十三特別区西部の多摩川に隣接する地域を管轄している。警察署の所管区面積は二十三区内でも最大級で、交番数が十三、駐在所数六を有する警察署である。

小林は、拳銃発砲事件に苦い思い出があった。彼は本部勤務時代、相棒とも言える同僚を亡くしていた。それも目の前で。暴力団同士の対立抗争に巻き込まれた壮絶なる殉職だった。

十五分くらい神社内を検索していた時だった。

「銃を捨てろ」

先のほうで、その声とともに「パン」と乾いた音がした。だいたい拳銃の発射音というのは漫画やテレビドラマのような「ズキューン！」や「バキューン！」ではなく「パン、パン」という感じだ。警視庁術科訓練センターの射撃場で訓練をする時は、屋根のある屋内で一斉に数十人が発射するため「ダン、ダン」と聞こえる。

今の声は先ほどの捜査員の声ではない。もし一人で対応しているとなると危険だ。耳を澄ませ、静かに銃声の方向に向かうが、闇の中では方角がよくわからない。そのうちにまた、

「銃を捨てろ、撃つぞ」

と、聞き覚えのある元気な声が聞こえた。駐在所から一番近い交番の新任巡査、高木の声だった。

「撃てるもんなら撃ってみろ」

そう返すドスのきいた声と同時に、乾いた拳銃の発射音が聞こえる。どうやら小林は犯人

の後方に出てしまったようだった。下手をすると仲間の弾に当たってしまうかもしれない。大きな樹木を遮蔽物にしつつ犯人がいると思われる場所を大回りに移動しながら、無線で、至急報を入れる。

「至急、至急、拳銃所持犯人は大山神社内。警察官に対し発砲あり」

おそらく高木巡査は無線を入れる間もなく容疑者と出くわしたのだろう。

「ＰＳ（ポリスステーション：本署の略）から至急報の局、小林係長でよろしいか」

無線のプレストークスウィッチを押すと、通話者のコールサインが表示されるシステムになっている。

「そのとおり、場所は神社の南側雑木林。高木ＰＭ（ポリスマンの略）が応戦中と思われる。応援を請う」

「ＰＳ了解」

こういう場合、無線の声が相手に聞こえないようにイヤフォンをつけておくものなのだが、高木巡査には上司がその指導をしていなかったようだ。無線の声が筒抜けで聞こえる。するると、十メートルほど先の草むらがガサガサ揺れる音と共に「逃げろ」という容疑者の声が聞こえた。

こりゃ犯人と鉢合わせになってしまう——そう思った小林の後方で、

「おーい高木、大丈夫か」

と、先ほどの刑事課員の声がした。

「大丈夫です。犯人が前方に逃げました」

その返事とほぼ同時に、前方数メートル先の草木がまたガサガサと音を立てた。突然、後方から、

「動くな」

という声がしたと思った途端、「パン」と拳銃発射音がした。ほぼ同時に直近の樹木を弾丸がかすめる音がした。威嚇射撃ではなく、闇雲に拳銃を撃ったようだった。

「馬鹿野郎！　どこに撃ってるんだ」

小林が思わず大声を出すと、

「あっ、すいません、やっべえ」

刑事課の刑事が拳銃を発射したようだった。こちらの存在に気づいた容疑者はすぐに逃走を図ったようで、前方の草むらが土手の下の方向に向かってガサガサと音を立てていた。

「下に逃げるぞ。神社の柵に沿って追え」

小林が後方の刑事に命令をすると、「了解」と言って後方の草が揺れる音がした。「刑事の奴らも怖かったんだろう」と思いながらも、「味方に撃たれるなんて冗談じゃない」という怒りに近い気持ちが募った。

犯人は神社の西側にある出口に向かって森の中を逃げているようだったが、その方向に

は、数十メートルの間、隠れる場所がない。容疑者は途中の柵を飛び越えて逃げるしか方法がないはずだ。真っ暗な森の中を勘頼りに進み、概《おおむ》ね目的の場所に着くと、後から私服の刑事も降りてきた。先ほど駐在所を訪ねてきた刑事だった。

「小林係長、先ほどはすいませんでした。威嚇しようと……」

「喋るな！」

前方の草木が揺れ、柵に沿った獣道に二人の容疑者が降りてきた。こちらは欅《けやき》の大木の陰にいて、相手から狙える場所ではなかった。二人の容疑者の姿は、神社の外周を走る道路に設置されている街路灯ではっきり確認できた。二人は拳銃をズボンの前のベルトのバックル部分に突っ込んで、柵を乗り越えようとしていた。

「ようし、そこまでだ」

小林が声を掛けると、二人は柵に飛びついた手を放して拳銃を抜こうとした。

「もう諦めろ、こちらの拳銃はお前たちに照準を合わせている」

極めて冷静に言ったが、二人のうちの一人が当てずっぽうに拳銃を発射した。小林は、十分に狙いを定めて、拳銃を発砲した男の右太ももを狙って一発発射した。

「ギャッ」

ホトトギスの鳴き声のような声をあげて容疑者はその場に崩れ落ちた。この状況を確かめて、小林が言った。

「銃を捨てろ！」

こちらの姿が見えない容疑者は二人とも手にしていた拳銃を捨てた。

「そのまま、柵に手をつけ。下手に動くなよ。次はお前の頭が吹っ飛ぶぞ」

威嚇射撃以上の表現を用いる。実際、小林は撃たれていないもう一人の犯人の頭に照準を合わせていた。刑事課の刑事が駆け寄り、二人を拳銃所持の現行犯人として逮捕した。

警察官が拳銃を発砲した際には、警視庁本部に速報しなければならない。そして、発砲した者の正当性を評価するために、即日、警視総監賞が授与される。今回、拳銃を発砲したのは刑事課の刑事と小林だけだった。高木巡査は石こそ投げたが、拳銃を発砲するチャンスがなかったのだった。

徹夜で被疑者の逮捕手続きを終え、小林は刑事課の刑事とともに朝一番で警視総監室に呼ばれ、警視総監賞を受領した。どちらも適正な拳銃使用に基づく、凶悪犯人逮捕の功労が名目であったが、刑事課の刑事はやはり相当心苦しい様子で、恐縮して繰り返して言った。

「小林係長、本当にありがとうございました」

通常の逮捕劇ならば高木巡査の名前も一緒に記載して総監賞の上申をするのだが、拳銃を発射していない者の名を、今回併記することはできなかった。改めて事件が解決した段階で拳銃発砲被疑者検挙の功績で警視総監賞を上申することで高木巡査には納得してもらった。

小林が駐在所に戻ったのは昼近くだった。

駐在所に近づくと、妻の陽子が見張り所で地理案内をしている最中だった。駐在所は夫がいない時は妻がその代わりをしなければならない。陽子は元女性警察官だけに、こういう取り扱いには慣れていた。地理案内を終えて、一般人の老女が陽子に丁寧にお礼を言って出て行くのを確認して、小林は駐在所脇の駐車場にミニパトを停めた。

「お帰りなさい。拳銃ぶっ放したんですって？」

おどけながら言う陽子の顔には、無事に帰ってきた小林に安堵はしていても、何となく素直に喜ぶことができない複雑な表情があった。小林は陽子の動揺を感じ取りポツリと言った。

「まさか、制服に戻って撃つことになるとは思わなかった」

「朝、学童整理をどうしようかと思っていたら、課長さんから電話があったのよ。だから私がちゃんとやっておいたからね。学童整理」

学童整理は駐在の業務の中でも、小林がよほどのことがない限り休む仕事ではなかったからだ。小林は、その場を取り繕《つくろ》うように話題を変えた陽子を見て、相棒を失ったあの事件の記憶を振り払った。小林はこんな陽子の賢さが好きだった。

「ほら、総監賞だ」

小林が総監賞の賞状が入った筒を陽子にポンと投げると、陽子はようやく笑い声を出しながら言った。

「へー、最近はこんな入れ物に入れてくれるんだ。もしかして報奨金付きなの？」

「ああ。五千円入ってる」

「あらそう。じゃあ今日はすき焼きにしてあげる。修平も喜ぶわ」

四歳にもなるとすき焼きが高級な食べ物であることはわかるらしい。修平は、父親が手柄を立てたおかげでご馳走を口にすることができるのを母親から聞いているらしく、その夜、大好物のすき焼きを食べながら小林に言った。

「父ちゃん。拳銃撃って犯人捕まえたの？　犯人に当たった？」

陽子は父親をパパと呼ばせたかったらしいが、小林は「父ちゃん」のフレーズが駐在の子らしいと思っていた。その分、母親のことは「ママ」と呼ばせていた。小林の両親は「じいちゃん、ばあちゃん」で陽子の両親は「おじいちゃま、おばあちゃま」と呼ぶことに、修平はなんの不思議も感じていないようだった。

「拳銃は犯人に向けて撃っていないから当たっていない」

「なあんだ」

修平は明日、保育園で自分の父親を自慢したかったのかも知れなかった。小林はこの空気を察して言った。

「修平、いいか？　犯人にも子供や奥さんがいるかも知れない。父ちゃんがもし拳銃を犯人にむけて撃って、もし犯人が死んでしまったら、子供や奥さんが可哀想だろ」

「うん。そうか。保育園の亮太は悪い奴だけど、亮太のママは優しいし、亮太の妹のユリはいい子だ」

保育園のいじめっ子の話は日頃からよく聞かされていた。陽子が口を挟んだ。

「修平、父ちゃんはいつでも『生き物を大事にしなさい』っていうでしょ。その中でも人の命はやっぱり一番大切なものなのよ」

「うん、わかった。僕は蟻んこも殺さなくなったし、綺麗な花も採らなくなったよ」

「よしよし。それがわかっていれば、修平はいい子になれる」

小林は修平の器に牛肉を入れてやった。修平は嬉しそうに生卵を絡ませて口に運んだ。

修平の笑顔を見ながら小林は「いつかこいつにも本当のことを知らせてやらなければならない時がくるな……」一瞬、寂しいような、覚悟を決めなければならないようなモヤモヤした気持ちがこみ上げてきた。

追跡捜査

暴力団による発砲事件が発生して被害者が出ると、必ずその報復事件が発生する。最後は誰かが責任を取って断指《だんし》（「指詰め」「エンコ詰め」といわれるヤクザの作法）や、慰謝料を払うなどして解決することになる。だが、それに至る間、仲裁役による折衝が始まるまで暴力団同士の報復合戦が続き、他の組織はその対岸の火事を見て楽しんでいる。当事者以外の組織からすれば、できれば共倒れになってくれるのが一番望ましいのだ。

小林は今回の被害者である金融会社社長の回復を待って聴取を始めた。彼は元々経済ヤクザだったが先代の組長の許可を得て暴力団を廃業し、堅気の金貸しになった。当然ながら闇金ではなく、真っ当なサラリーマン金融である。テレビコマーシャルも打ち、次第に業績も上がってきていた。とはいえ、貸し金の回収手法は闇金並みであった。違法すれすれの問題行為があったとしても、借りたものを返すのは当然であり、警察もよほどの違法行為に及ばない限り、民事上の債権回収と見なす他なかった。

金融会社はいつの間にか、大手金融と合併すると、都市銀行の傘下に入り、この経済ヤクザは業界を代表する経営者として注目されるようになっていた。名前を高井利志夫《としお》という。

「高い利子」――金貸しのために生まれてきたような名前だった。

二発の銃弾を胸部と下腹部に受けた高井は全治三ヵ月の重傷だったが、後遺症は残らないという診断だった。


事件から一ヵ月後、小林は担当医師の許可を得て臨床尋問を行った。

「やあ高井社長、殺人事件にならなくてよかったよ。さすがに強運と生命力を持っている」

「誰が来るのかと思えば『鬼コバ』さんかい。所轄に行ったんじゃなかったのかい」

小林を知らない暴力団幹部はいない。今でも「鬼コバ」で通用するのだ。

小林には駐在の他に、警察官としてもう一つの顔があった。駐在でありながら同署組織犯罪対策課第四係長を兼務しているのだ。駐在所の勤務員は「住民と同一地域に居住し、地域住民との良好な関係を確保しながら」職務を行うことが、定められている。しかし、小林は、特例だった。二つの顔を持つ小林は警視庁内でもその名を知られていた。「駐在刑事《デカ》」——これが小林健の異名である。

「いや、所轄にいるよ。それもあんたが住んでいる山手学園東一丁目を管轄している」

「ほう。それはいつからだい。顔を出してくれてもいいじゃないか。みずくさいな」

「つい最近のことだよ。ところで、堅気になっても狙われるってのはどういうことだい」

「それは相手が決めることだから仕方ない」

「しかし、あんたのボディーガードもチャカを持っていた。あんたがそれを知らなかったとは言わせないぜ」

「知らなかったなあ。そんなもんまで用意しているとはな。ボディーガードはうちの社員じゃねえからな、警備会社に聞いてくれ」

小林は拳銃よりも今回の発砲事件の背景を知りたかった。

「どうせ、アウトソーシングの個人経営の警備会社で最後は外国人に辿り着くようになっているんだろう。今頃は海外にトンズラだろうな」

「どうだか。それを調べるのがあんた等の仕事なんだろう。俺はしっかり税金を納めているからな、少しくらいは言わせてもらうよ」

　確かに、個人情報保護の観点から高額納税者の公表はなくなったが、高井利志夫の納税額は小林の十年分の収入を軽く超えているはずだった。

「その点は認めよう。しかし、なぜこの時期にあんたが狙われるんだ。狙った奴らの組織は知っているんだろう」

「ああ。極龍会の連中だろう。新聞に出ていたからな。そのうち向こうの親分さんが挨拶にくるだろう。今回の利息は高いぞ」

「どうして極龍会があんたを狙ったんだ。何が起こってるんだ」

　こういう相手には素直に聞いた方がいい場合がある。思った通り、高井は言った。

「鬼コバさんがそういう姿勢になるのは珍しいことだな。一昔前には考えられないことだ。まあ、いいか。間もなく、本家の舎弟が絶縁される。その舎弟の金を預かったのが原因だろう」

「ああ、かつてのナンバー3の事だな。しかし、除籍で落ち着くという話もあるが」

「さすがに耳は早いな。しかし組織から離れることは間違いない。総本家と言っても、かつてのカリスマ組長じゃないからな」

「それは、政官財、どこの世界でも同じことだ。ただ、あんたらのようにタマまで取るような報復合戦をしないだけだ。おまけに、周囲の全く関係のない人にまで迷惑をかけるからな」

　小林は、高井の眼を覗き込むようにして、彼の癖を探っていた。高井はヤクザ時分から立場が悪くなると、瞬きが増える。どこかの知事の癖に似ていた。

「今回、誰に迷惑を掛けたかな」

「あんたのボディーガードが撃った弾が近所の家の窓ガラスを割っている」

「そうか。それは知らなかったな」

　高井の瞬きが増えた。

「あんたも堅気になったのなら、キッチリ堅気として生きてみちゃどうなんだ」

「まあ、自分はそのつもりでも、周りがそう見ちゃくれんからな。今回でまた振り出しに後戻りだ」

「自分でやったことは自分で背負って貰わなきゃ仕方ないな。まさか関連会社の都市銀行と組んでマネーロンダリングまでやってはいないだろうが……」

　高井の瞬きが激しくなる。実にわかりやすい性格で、ポリグラフよりも効果的だった。そもそもポリグラフ自体、「科学的根拠が乏しい」と、法廷での証拠能力が否定されているにもかかわらず、今なお使用され続けているのは小林には不思議だった。

　高井の供述調書と、それに基づいて小林が作成した捜査報告書から、警視庁組織犯罪対策部は高井の会社及びその金の流れを徹底的に追及し、やがて海外の金融機関など十数ヵ所を経由したマネーロンダリングの実態を暴いた。通常、マネーロンダリングを行うには、最低でも十ヵ所以上の「回し（ロンダリング）」を行わない限り、どこかの国の金融監督機関に発見されてしまうのだ。

ついには、都市銀行の融資窓口責任者が共犯として逮捕された。

第一章　地域課と刑事

芸能人とシャブ

駐在と言っても所轄の地域課に属するため、警視庁の場合は四日に一度、他の地域係員と同様に当番勤務がある。当番勤務というのは午後三時から翌朝八時までの勤務で、小林の場合は朝の小学校前の学童整理があるため、大体は午前三時には休憩に入る。それでも、他の係員が重要事件に遭遇した場合などは立場上応援にいくことも多い。

その日の当番勤務は、新任警察官とその上司の若い巡査部長が、駐在所近くの裏通りで夜間のミニ検問を実施したいというので、午後十一時から二時間、駐在所のミニパトを使って三人で交通検問を行っていた。

この通りは環状八号線、通称「環八」の裏道で深夜でも比較的、車の通行量は多い。ミニ検問は終バスがなくなったバス停部分にミニパトを置き、交番の二人は自転車をミニパトの後ろに停め、歩道と車道の交通の邪魔にならないようにして行う。

全員が停止灯を手に、ゼブラと呼ばれる反射ステッカー付きのベストを着用して、受傷事故防止を最優先に検問を始める。

タクシー以外は全部停車が原則。検問に気づいて急なUターンをしたり路地に逃げ込む車両は自転車で追いかけて停止させる。こういう輩は飲酒運転者が多いのだ。だいたい、この二時間の検問で二、三件の飲酒運転を検挙する。

検問を始めて二十分がたったころ、最初の飲酒運転被疑者を検挙。金曜日ということもあり、立て続けに三人を捕まえた。中には同乗者もあり、運転者の飲酒事実を知っていたとして、一時間で五人の違反処理を行って、うち一人はPCを要請して本署に搬送した。

「係長、今日は調子いいですね。世の中まだ不況じゃないみたいですよ」

若い巡査部長が、検挙実績が上がることを素直に喜んでいた。

「こういう日はでかいのが当たるかも知れないよ」

そう言った矢先、検問の五十メートル程手前で急に車を停めたかと思うと、路地に入って方向転換しようとするBMWを発見した。新任警察官と若い巡査部長はすぐに自転車に飛び乗り、現場に向かった。小林もミニパトの赤色灯を点け、後を追った。自転車の二人は既にBMWの前に自転車を停めて職務質問の態勢に入っている。

自転車に乗った制服警察官を悪ガキは「チャリマツ（チャリンコに乗ったマッポ）」とバカにして言いながらも、そのスピードにおそれをなし、「あのチャリはパトカーと同じで特別仕様車だ」と言う。だが、パトカーも自転車も全てノーマル車であり、何の細工もされていない。運転テクニックと脚力の違いなのだ。

ミニパトをBMWの後方に停めてハザードを点け、運転席に回り込むと、運転者の若造は夜だというのにサングラスを掛け、しきりにタバコを吸いながら、窓も開けようとしない。若い巡査部長はすでに熱くなって運転席のドアをガンガン叩いている。小林は巡査部長を宥《なだ》めながら、車のフロントガラス越しに強力なパトライトの明かりで運転者よりも助手席に座っている若い女を照らした。助手席の女はビックリした様子で、強烈な明かりから思わず顔を背けた。この挑発行為に怒ったのか、運転者が窓を少し開けた。

「てめえ、なにやってんだよ、彼女は関係ねえだろうが」

怒鳴るものの、それ以上窓を開けないばかりか、車を降りる素振りもみせない。小林は日頃ヤクザもんをからかう時に使う手法で、声を出さずに助手席の女をさらにライトで照らした。

「てめえ、やめろって言ってんだよ」

若い巡査部長も片手に特殊警棒をもち、懐中電灯で車内を照らしている。ようやく小林が口を開いた。

「運転手さん、タバコで燻製になるよ。髪の毛茶色に染める前に、窓を開けて、運転免許証を見せてくれる」

完全に相手を小馬鹿にした挑発的な態度である。さらに小林は新任警察官に向かって、

「同乗者の動向をよく見ておけ」という指示をしていた。運転者は、

「なんの権利があって、車を停めるんだ。俺は急いでんだよ」

と偉そうに言うが、小林は全く表情を変えない。

「こっちは朝まで仕事だから、別に急いでねえんだよ、坊や。なんなら前の自転車二台引き倒して行くか。すぐに公務執行妨害で逮捕してやるぜ」

ニヤニヤ笑いながらも小林の目は決して笑っていない。それでいて若造を挑発しつづける姿を見て、若い巡査部長は小林の場慣れしたというより、凄みのある恐ろしい一面を見たような気がしていた。

運転者は怒り心頭の顔で小林を睨んでいる。そして助手席の女に何かを言って車の扉を開けて出て来た。

「おまわり、面白れえじゃねえか、上等だよ。ほらよ」

小林に免許証ケースを投げつけた。小林は体に当たって地面に落ちたルイ・ヴィトンの免許証ケースを条件反射のようにおもむろに踏みつけるや、音をたてて足を滑らせ、ケースの表面に傷を付けた。これを見た運転者は、

「てめぇ、なにやってんだ。弁償しろよな」

小林に摑みかからんばかりの態度だった。

「おい坊主、お前、いま、これを俺に投げつけたのか？　それとも、ただ投げ捨てたの

か？」

ルイ・ヴィトンの免許証ケースを運転者の足元に蹴ってみせた。運転者はケースを拾い上げ、ボロボロになったケースを撫でながら、

「許せねえ、てめえ名前はなんて言うんだ」

怒りをあらわにしている。

「俺か？　俺は小林健、警視庁山手西警察署学園前駐在所勤務の警部補だ。ほれ」

胸ポケットから手帳を出して運転者の顔の前に差し出してみせた。

「小林だな。覚えておこう」

「おい、坊主、何も悪いことをしていなければ、正々堂々とこうして身分を明かすんだよ。男ならな、お前もちゃんと免許証を見せりゃいいんだよ。今、お前が拾ったのが何か知らんが、俺に投げつけたのなら、今、ここで公務執行妨害の現行犯として逮捕する。そうじゃないのなら、捨てるつもりが間違って俺に当たったたんだろう。しかし、ここはゴミを捨てる所じゃないからな、だから返してやったんだ。ゴミを手で拾って返すほどバカじゃねえからな」

小林は相変わらずニタニタ笑っている。男はこれ以上この場で争いたくないと思ったのか、ケースから免許証を取り出して小林に差し出した。小林はそれを受け取った。

「ほう、高橋亮太、二十二歳か。仕事はなんだ」

小林は受け取った運転免許証の名前と生年月日を瞬時に確認して、これを若い巡査部長に手渡した。若い巡査部長は本署に人定《じんてい》を照会する。人定とは人定事項の略語で氏名、生年月日、住所などの個人情報を指し、前科前歴、違反歴、暴力団関係の有無、指名手配、家出等あらゆる調査結果が送られてくる。

「関係ねえだろう。酒も飲んでねえからな。ハアーッ」

男はタバコ臭い息を小林に吹きかけた。

「初めから大人しくそうしてりゃ、いいんだよ。ところで坊主、お前、今、車から降りる時に、ズボンの右ポケットにしまい込んだ銀色の紙を見せてみろ」

小林がそう言った瞬間、運転者の顔色が変わった。驚きよりも恐怖の顔になっている。

「おい、聞こえないのか、ズボンの右ポケットを開いて見せろ」

運転者はズボンの右ポケットに手を突っ込むと何かを握るような動きをしたが、手を出そうとしない。

「何を握り締めてんだ。お守りか？　それとも、人に見せられないものか」

運転者はガタガタ震え始めたが、声は出てこなかった。

「長さん、今、この場でこの男と、この車両に対する捜索差押の令状請求をするから、すぐに本署に連絡してくれ。ああ、それと同乗者の人定も取って、同乗者に対する令状も一緒だ」

警察社会で「長さん」というのは巡査部長の階級にあるものの愛称である。これが刑事の世界では「デカ長」という呼び方になる。小林は指示をすると、運転者が証拠を隠滅しないように、ポケットの上から、男の右腕を押さえつけた。

「令状が届くまで、じっとそのままにしていろ。じっくり持久戦と行こうじゃねえか」

鋭い眼差しで男に告げる。被疑者に対する小林の態度は、時として冷徹そのものになる。

本署では宿直の刑事課が迅速に動いて、たまたま隣接の管内に居住している当直裁判官の自宅に向かった。身柄拘束から四十五分で令状の発布を得た旨の連絡が届いた。女性刑事を含む刑事課員とパトカー一台も応援に到着した。

女性刑事は二十六歳の独身で、盗犯捜査担当だったが、捜査センスに優れている上、女子アナにでもなれそうな美貌をもつ有望株だった。彼女は助手席の女性を確認するなり、小林のもとに駆け寄り、

「キャップ、彼女、有名な歌手ですよ」

興奮気味に言った。

「ほう。芸能人か……こりゃ、マスコミ対策が必要だな。何もなくても署長と副署長に速報だ」

女性刑事の顔を見ながらニッコリ笑って言った。この光景を見ていた若い巡査部長は、小林のあまりの表情の変化に唖然としている。

現場での捜索差押が始まった。令状は手元にはないが令状発布の事実を相手に告げて緊急執行を行った。

応援の刑事が後ろから男を羽交い締めにして、小林が強引に男の右手をポケットから引抜いた。そして必死に握っている男の拳を上から摑むと、握力七十近い力で圧力を徐々に加えた。男の握っていた手が次第に開き、アルミ箔の固まりがポトリと地面に落ちる。この場を他の捜査員が写真に撮り、そのアルミホイルを押収した。

「さあ、中身は何かな。コカインかシャブか」

男を応援パトカーの後部座席に制服警察官が二人で挟む様に押し込んだ。男は、ほぼ観念した様子だが、この手の犯罪容疑者はすぐに証拠隠滅を図るため、油断はできない。パトカーの助手席に捜査員が入って、覚醒剤の試薬を取り出し、説明を始める。小型の乳鉢のような形の容器にアルミホイルの中の粉末を少量入れ、試薬をその粉に落とすと青藍色に変色した。

「シャブか。君を覚醒剤所持の現行犯として逮捕する。現在時間、午前一時十五分」

一方で車両内の捜索をしていた警察官がその他の覚醒剤と乾燥大麻を発見した。また同乗していた芸能人の女のポケットからもアルミ箔に包まれた覚醒剤が発見された。彼女は「これは自分のものではなく、男から隠すように言われただけ」と主張したが、覚醒剤との認識を持っていたため、所持の現行犯として逮捕した。

マスコミ対策

警察署の広報責任者は副署長である。管内で特異事件が発生した場合には副署長はこれを本部広報課を通じて主管部長、警視総監に報告しなければならない。

現在、警視庁では、署長の管内居住、副署長の原則管内居住が義務づけられている。さらに警察署ではこれを補完するため、警部以上の者が交代で宿直責任者として、その日の官庁執務時間以外の責任者となる体制が取られている。

この日の宿直責任者は副署長と最もウマが合わないことが署内でも公然の秘密となっている交通課の課長代理だった。

彼自身は実直な男だったが、来年には定年を控えており、署員の誰からも相手にされない存在だった。署内の噂では「一度も昇任試験に合格したことがない。ゴマスリによる推薦で昇任した」と、まことしやかに伝えられていたが、確かにそれは事実だった。

既に就寝していた課長代理は午前二時に当直員に起こされた。令状請求時の所属長印は本来、宿直責任者が所持しているものだが、彼は就寝態勢に入る際に担当の係長に預けていたのだった。当日は体調も思わしくなかったようで、交通課がある署内の別館の待機室で熟睡していた。不幸な事は重なるもので、この課長代理は目覚めが極めて悪い体質だった。声を掛けられて目覚めてから起きて着替え、さらにデスクに行くまで、ゆうに三十分はかかって

いた。デスクに着いた彼の第一声は、

「何があったんだ。なに、シャブ？　そんな事で起こしたのか。なに、芸能人？　お前知ってる奴か？　若手歌手？　そんなの掃いて捨てるくらいいるだろう」

と、その程度の認識だった。一応、女の名前をインターネットで検索した結果をプリントアウトした紙が添付されていたが、その歌手の名前もヒットソングの名前も知らなかった。

「おい、この中で、この歌手の名前を知っている者はいるか？」

さらに不幸なことに、当日の宿直班は比較的年齢が高く、若い捜査員は、演歌と軍歌しか歌わない自称硬派、その場に居合わせた者は誰も彼女のことを知らなかった。仕方なく、交通課長代理が刑事《デカ》部屋を覗いてみると、捜査の係長以下が忙しく動き回っており、課長代理の相手をしてくれる者は見あたらなかった。

それでも課長代理は一応被疑者の顔を見るために取調室を覗いたが、そこには態度の悪い小僧が股を開いて座っており、いかにも今風のチンピラといった感じだった。取調室から出て来た女性刑事とようやく顔を合わせた課長代理は、もう一人の被疑者の話を聞こうとしたが、女性刑事は「今、本部留置管理課と留置場所の調整で忙しい」と相手にしてくれなかった。女性刑事としては、すでに本部に「有名歌手の逮捕」を伝えており、単独房の手配を進めていた。これを受けた本部留置管理課は管理課長が上司の総務部長にＦＡＸで本件の報告を行っていた。

課長代理は地域課の若い巡査部長を呼び、この歌手がどの程度有名なのかを聞いたが、彼も日本のポップスに興味はなかったので、課長代理の面前でインターネット検索をしてみると、一万件を超える検索結果があった。そこで彼は課長代理に「ある世代の中では一応有名人だと思う」という表現をした。課長代理は「テレビには出ているのか」という彼の世代らしい質問をしたところ、若い部長は「ステージ専門でテレビ番組にはあまり出ていない」と、検索結果を報告した。これを聞いた課長代理は、妙に安心した顔をして「わかった」と答えると、刑事部屋を後にした。

一般的に宿直責任者は自席もしくは、副署長席のどちらかに座って指揮を執るのだが、課長代理は副署長の席に座ることさえ嫌悪しており、捜査員に対して改めて署長以下の決裁用の印鑑を預け、別館にある交通課の自席で居眠りを始めていた。

捜査員の逮捕手続きと留置作業が終了したのは午前六時近くのことだった。

副署長は捜査第一課出身の頭の中まで筋肉でできているような男である。捜査第一課出身と言っても、皆が皆、捜査のプロかといえば決してそうとは限らない。彼の毎日の楽しみは、若い寮員と一緒に汗をかく柔道の朝稽古、そしてその後の風呂だった。このため管内に単身居住をしている彼は、毎朝七時前には柔道着に着替えて、道場に上がっていた。

この朝もいつもどおりに官舎から自転車に乗って署の裏口から署内に入り、ここで厳正な警戒をしていた庁舎警戒中の捜査員から「おはようございます」と元気な挨拶を受けて機嫌よく自席についた。そこには宿直責任者が持っているはずの署長印他が入った印鑑ケースが無造作に置かれていた。副署長の眉間がピクリと動いた。

「宿直責任者はどうした」

副署長は近くにいた捜査員にやや大声で尋ねた。捜査員は、夜中に起こった逮捕事案について簡潔に説明しながら言った。

「おそらく自席に戻られていると思います」

今日の宿直責任者が交通課長代理であることは前日、宿直員に対する指示をしているのでよく知っていた。事件が起こっていたことを知らされた副署長は、自分に連絡が来なかったことを不満に思いながらも、「まあ奴は奴なりに大変だったのだろう」と、珍しく温情をかける気になっていた。道場に上がる前に決裁を済ませておこうと思い、柔道着に着替えて別館に自ら出向いた。

副署長にとって交通課長代理は決して好きな男ではなかったが、来年定年を迎える先輩でもあり、たまには慰労の言葉でもかけてやろうと思ったのだ。

交通課に入って、眼に入った光景に副署長は唖然とした。課長代理は自席でデスクに足を投げ出し、制服の上着を脱いでシャツ一枚で鼾《いびき》をかいて寝ていた。

「代理！　おい、代理、お前なにやってんだ」

一瞬、何が起こったのかもわからなかった課長代理は、そこに副署長の姿を認めると、椅子から転げ落ちるほど慌てた。

「ふ、副署長、おはようございます」

「『おはよう』じゃないんだよ。俺は道場に上がるからな、宿直報告は稽古が終わってから聞く。それまでに準備しておけ」

副署長は不機嫌さを露わにして交通課の部屋を出て行った。

朝稽古を終えて、ひと風呂浴びた副署長が顔をテカテカさせて自席に戻ると、そこには多くのサツ回りの記者が押し寄せていた。この副署長は若い女性警察官とマスコミの記者がことのほか好きで、中でも某テレビ局の女性記者に異常な執着を持っていた。この朝もお気に入りの女性記者が短いスカートをはいて副署長席脇の警務課長の応接席にちょこんと座っていた。

「おおっ。どうしたの？　今朝はこんなにたくさん」

嬉しさを隠せない様子で、副署長はまだ濡れた髪をとかしながら自席に腰を下ろした。

「副署長、公式の広報はいつ頃の予定ですか？」

「ええっ。何の話？」

副署長はキョトンとした顔でマスコミの代表者の顔を見ながら尋ねた。

「深夜、逮捕《じ》された『宮崎ユリア』と『大瀧シュウ』の件です」

代表者は焦れた様子で言ったが、副署長はデスクの上に何の関係書類も置かれていないことで再び不機嫌な顔になったものの、「何も知らない」とは言えなかった。

「その件については、署長報告を終えた後、訓授終了後に三階会議室で会見するので、それまでは署外にいてくれ」

「訓授」は、毎朝署長が勤務につく警察官に対して指示を出す、朝礼のようなものである。警察署内には、必ず講堂のような部屋があり、通称「訓授場」と呼ばれている。記者を帰した副署長に追い打ちをかけるように、本部広報課から電話が入った。

「覚醒剤所持事案の『宮崎ユリア』と『大瀧シュウ』について、未だに報告があがっていないのですが、本件は本日一番の総監報告となりますので、至急、取り扱いの事実報告資料の送付をお願いいたします」

電話を切ると同時に、副署長の怒りが爆発した。

「宿直集合!」

そこには、交通課長代理以下、警部補以上の私服員と地域課長が報告準備のため、並んで待っていた。副署長席前に整列すると、交通課長代理が号令をかけた。

「副署長に礼」

副署長は席から立とうともしない。

「交通代理、夜中にあった事をどうして俺に速報しなかった?」

「大した芸能人ではないと思ったものですから」

交通課長代理は膝をガタガタ震わせながら答えた。

「宮崎ユリアをお前ら知らんのか？　大瀧シュウも知らんのか？」

誰も答えない。副署長は出勤間もない一般職の女性職員に、

「今泉さん、宮崎ユリアって知ってる？」

コロリと態度を変えて、優しさを込めて尋ねると、一般職の若い女性は、

「はい、知っています」

と、すまして答えた。副署長はさらに彼女に尋ねた。

「有名人だと思う？」

事情を知らない一般職の女性は、

「はい、『CMソングの女王』『着うたの女王』ですから」

当然、という雰囲気で答えた。副署長は頷きながら副署長席の前に並んでいる宿直幹部に目を向けて言った。

「お前らは常識がないんだよ。大瀧シュウは知らなくても、宮崎くらい知っておけよ。おい、刑事課の係長は大瀧の前歴は調べたんだろう。傷害とシャブの前歴があったはずだ。どうなんだ」

刑事課の宿直員だった盗犯担当の係長は驚いた顔をして答えた。

「はい、そのとおりです。それも有名な男なのですか」

「お前は知らんかもしれないが、普通の刑事なら知ってるだろう。女優、日吉貴恵の息子だ」

「ああ、あいつですか」

「調書で人定を取っただろう」

「いや、そこまで目を通していませんでした」

「バカモン！　お前は刑事課の係長をやってる資格はない。もういい、すぐに一件資料を全部もってこい。それから刑事組対課長を呼んでこい」

副署長が怒りにまかせて怒鳴っているところに、署長が到着した。

「副さん、どうしました？　朝から元気一杯だけど」

「あ、署長、後ほど報告に参りますが、マスコミ沙汰の事件が発生しまして……」

「ああ、日吉のバカ息子と宮崎何とかの件ですね？」

「署長、どうしてご存じなんですか」

「朝から、公舎でマスコミが騒いでましたよ。広報課の理事官からも電話がありましたけどね」

署長はあえて宿直からＦＡＸも連絡もなかったことには触れなかった。こんな人情の機微がわかる署長のことを副署長は「自分より歳は若いが、人事畑と公安畑を歩いてきただけの、事件現場も捜査も知らない温室育ちのエリート」と思っていた。

刑事組織犯罪対策課長が今回の捜査手続きに関するすべての書類を綴じたいわゆる「一件資料」を副署長席に持ってくると、副署長はまるでテストの解答用紙を採点するかのように、捜査報告書と調書に目を通し始めた。

「なんだ、調書はよくできているじゃないか。小林係長か。流石《さすが》だ。大瀧は全部、小林係長にやってもらうかな。宮崎の調書も短い時間にしてはよくできている。しかし、なんだ、この捜査報告書は。これが刑事課の係長が作った報告書か！」

「みんながみんな、副署長のような優秀な捜査員ではありません」

刑事組対課長が皮肉混じりに言うと、これを真に受ける副署長は嬉しそうな顔をした。

「課長、おだてるなよ。しかし、この捜査報告書は使えないだろう」

副署長の言葉が急に柔らかくなる。

「副署長のおっしゃるとおり、今回だけは小林係長に捜査指揮をして貰おうと、私からもお願いをしようと思っていたところです。大瀧の供述の雰囲気から、ブツの出所まで落とせると思うんです」

刑事組対課長はこの空気を壊さないようにそう言うと、

「そうか、小林係長は流石だな。やっぱり組織の宝だよ。大瀧を明日の新件送致までに叩いておくことが一番だ」

副署長は、この事件が続く限りマスコミが毎日自分のところに押しかける事を想像して、次第ににこやかになってきた。そのためには小林が捜査を仕切って全面解決になることが最低条件であった。

事件の概要を把握すると、副署長と組対課長は署長室に入り、事件の説明と今後の捜査方針について意見を添えて報告した。署長は一件資料に素早く目を通すと、

「小林係長は薬の入手ルートに専念してもらいましょう。捜査はあくまで通常勤務を通じてで。捜査指揮は組対の課長代理にやらせましょう。大瀧の調べは組対の若い係長にやらせて、それを課長がフォローしてやってください」

あっさりと決定した署長に、副署長は憮然とした。

「署長、お言葉ですが、この事件捜査は小林係長に指揮して貰った方がいいのでは」

すると署長は、厳しい表情で言った。

「大瀧のこの調書を見ると、小林係長は大瀧の少年時代からの犯罪を知った上で聴取していますね。当時の事件は暴走族がらみの事件でしたが、その背後のケツ持ちに暴力団の龍押会があることを小林係長は知っていると思われます。奴らの薬のルートはおそらく北朝鮮方面だろうから、それをどこまで追うことができるかですね。シャブの所持、使用、出所はただのとっかかりですよ」

副署長は小林の調書を読んで、そこまでを理解できなかった恥ずかしさを感じたものの、シャブの出所から、北朝鮮まで飛躍する署長の公安的発想に拒絶反応が出ていた。

「そうしますと、本件は本部の応援を取るおつもりですか」

本部の組織犯罪対策部に応援を頼むと、自分の上司にあたる理事官級の者が介入してくることが副署長にとっては面白くなかった。本部から応援が来た時、「本部の方々、捜査一課の皆々様、所轄の野郎ども」と言われる関係になってしまう傾向があったからだ。

署長はこの副署長の思いを察して言った。

「いや、当面はうちの捜査員を全国指導官の小林係長に指導してもらう手続きを取ればいいでしょう。せっかくの逸材が身内にいるんだから。副さんは広報官として大変でしょうが、ひとついい仕事にまとめましょう」

全国指導官は、警察庁が指定する「後継者の育成を目指した捜査技術伝承担当者」を指す。小林は、暴力団対策に関して、全国の十指に数えられる捜査官でもあった。

副署長は、なんとなくではあるが、この署長の自分にはない指揮能力を評価しなければならないような気になっていた。

「ところで小林係長は、今頃、学童整理をやってるのかな。寝てないだろうが、終わったら呼んでください。その時は、副さんと刑事組対課長に地域課長も同席するように」

副署長は自席に戻ると、早速広報の準備を始めた。彼にとって至福の時間である。広報案文を作成して広報課に送ると「了解」との連絡がきた。会議室に警務課員総動員で会見の準備をさせ、副署長自身が雛壇の中央に座り、陪席に刑事組対課長と組対課長代理が座った。

マスコミは在京テレビ局全社、新聞、雑誌等数十社が入った。中でも、テレビはどの局も朝のワイドショーが本番中で、生中継となった。

「本日午前一時十五分、世田谷区山手学園東一丁目路上において、職業芸能プロダクション社長『大瀧シュウ』こと『高橋亮太』、午前一時二十五分、同地において歌手『宮崎ユリア』を覚醒剤所持の現行犯として逮捕いたしました」

この間、無数ともいえるフラッシュとテレビカメラ用のライトを浴びて、副署長はご満悦だった。多くの質問も受けたが、全て無難に答えていた。この場面はこれから短くても向こう二週間の間はマスコミ各社を賑わすことになる。副署長にとってはこの場を与えてくれた小林に感謝するだけだった。

マスコミ各社は警察署の裏口に一斉に移動して、取り調べのために本部の留置場から警察署に連れてこられる被疑者の映像を撮ろうと待ち構えている。その中を制服姿でスーパーカブに乗った小林が通過したのだが、彼がその立役者であることを誰も知らない。小林が中庭の端にバイクを停め、署内に入ろうとした時、一斉にカメラのシャッター音とこれを整理している交通課係員の声がした。小林はその方向をチラリと見ただけで署内に入った。

副署長席に行くと、副署長は小林を見て今にも抱きつかんばかりの興奮した様子で迎えた。

「いやあ、小林係長、たいしたお手柄だ。事件処理が終わったら、また学童整理か。いやいやたいしたもんだ。まさに警察官の鑑《かがみ》だ」

ひとしきり小林を持ち上げて、

「ところで、今後の捜査方針について、署長が何か考えを持っているらしいんだが、気を悪くせんでくれよ。刑事組対課長と私は君を捜査主任官にと考えていたんだが、どうも署長は違うらしい。地域課長と刑事組対課長を呼ぶから、ちょっと待っててくれ」

と、卓上の電話を取ったところで、目の前の警務係員に、

「おい、小林係長にコーヒーを出してやって。とびきり美味いのを、な」

この朝、小林は副署長にとって大事な客人だった。

淹《い》れたてのコーヒーが届いたのと課長二人が副署長席に来たのが一緒になったが、副署長は課長二人を待たせて、小林にコーヒーを勧めながら、夜中の覚醒剤発見の着眼点などをあれこれと質問し、「いや、たいしたもんだ」を連発していた。

小林は課長二人を横に立たせて副署長と話をするのは気が引けたが、二人の課長は目配せで「ゆっくり飲んでくれ」と伝えてくれたのが、嬉しくもあり、気まずくもあった。

ひととおりの話が終わったところで、四人は署長室に入った。署長はデスクを離れて応接セットの手前まで来ると、小林に手を差し出した。

「よくやってくれた」

両手で小林の右手を摑む握手をした。

応接セットに四人が座ると、早速署長が切り出した。

「小林係長は『大瀧シュウ』の前歴は知っているんだよな」

「はい。最初は本人とわからなかったのですが、本名と犯歴照会の結果が届いた時に気づきました」

「うんうん。その最初の事件も知っているんだろう」

「はい。暴走族がらみの重傷傷害事件でしたが、バックには龍押会が入っておりまして、当時、大瀧自身も覚醒剤の使用が認められていました。十代後半で、私の給料の倍近くの小遣いを貰っていましたから。若いヤクザから見れば、大瀧はまさに『財布』のような存在でした」

署長は満足そうに頷きながら二人の課長と副署長を見た。三人は初めて聞く話を聞き漏らすまいと真剣に耳を傾けていた。署長は質問を変えた。

「今回の大瀧の供述調書を読ませて貰って、大瀧がシャブの出所まで話しそうな雰囲気が窺えるのだが、その印象はどうだい」

「はい。今回、宮崎を巻き込んでしまったことで、『完落ち』になると思います」

「ほほう。それはどうして」

「まだ、今回の調書には入れていませんが、宮崎の所属事務所のバックは龍押会です」

これには一同が「ほう」と声を上げた。

「すると、今回のシャブはその線が強いということかな」

「間違いないと思います。よそから引いてきたシャブを龍押会の息がかかったドル箱スターに回したとなると、これモンですから」

小林は右手で自分の首を手刀で切る格好をした。

「なるほど。そうすると、今日の調べは小林係長がやった方がいいかな」

「いえ、今朝、制服姿で調べをしていますから、以後の調べは刑事の方がいいと思います。組対の若い係長にアドバイス致しますから、強気で押せば落ちるはずです。弁護士に接見させる前に二時間ほど、きつめに調べればいいと思います。どうせ人権派の阿呆弁護士がつくはずですから、完黙を指示するはずです。完黙は損だということを初めに刷り込んでいますから大丈夫だとは思いますが」

「そうか、そこまで考えていてくれたか」

署長は「どうだ」という雰囲気で副署長以下の幹部の顔を見回した。すると、副署長が口を開いた。

「小林係長もたいしたもんだが、署長はどうしてそんな過去の事件の事を知っているんですか。私は（捜査第）一課出身ですが、その件は知りませんでした」

「公安は裏で動く存在ですから、些細な事件でも将来大事件に発展したり、大掛かりな組織が背景にあるおそれがあれば捜査をするんですよ。仮にその場で表だった捜査をしなくても、裏できれいに潰してしまう。それが公安です。ですから、日頃から『細かい』と陰口を叩かれてしまうのでしょう」

「いや、私は署長の陰口など決して叩いておりませんよ」

汗を吹きだして弁明する副署長が哀れだったが、日頃「公安は捜査ができない」と公言してはばからないだけに、「仕方ないことだ」と小林は冷めた目で見ていた。

するど署長は、

「まあまあ、副さんの事を言ってる訳じゃないよ。ところで、今後の方針なんだけど、小林係長に覚醒剤ルートを洗って貰おうと思っている。ただし、午前中の身分は地域課の駐在で、午後から組対に変更する。原則として当番勤務にはつかず、学童整理はこれまでどおりやって貰い、できる限り週休は消化して貰う。地域課長、どうだろう」

「私に異存はありません」

地域課長は戦力ダウンも仕方がないと思った。なにしろ、小林が当番勤務につく日は、何かしらの検挙があり、若手の指導員として人望も厚かったからだ。刑事組対課長も異存がなかった。ここで覚醒剤ルート摘発となれば、本部の管理官ポストが一番に回ってくる可能性があったからだ。副署長も次は本部理事官の有力候補ということになる。

署長室での会議が終わると小林は刑事部屋に行った。通常刑事部屋というと署内の刑事課の部屋をいう。山手西署は刑事課と組対課が一緒になっているので、組対の一部から見れば古巣を懐かしんで未だに使っているのだった。当然そこにも彼のデスクがある。組対第四係長席につくと、そこには若い係長がもう一人いた。彼はノンキャリの中でも特別選抜コースという、巡査部長、警部補の両試験を成績上位で一発合格し、巡査部長時代に本部の捜査部門の勤務経験がある、頭脳明晰な特別昇任組の二十八歳だった。小林は彼を可愛がった。頭脳だけでなく性格もよかったし、この昇任制度で合格したタイプにしては、腰も低かった。小林は彼をこの山手西署で育てて、本部に送ってやるのが自分の仕事の一つだと思っていた。

警察官の中で上級幹部に昇任できるかどうかは警部補時代に本部経験した際、いかに評価されるかで決まる。警察社会で幹部というのは巡査部長以上をいうが、巡査部長は初級、警部補が中級、警部以上が上級と位置付けられている。幹部になるには、頭ばかりが良くてもダメで、これに人格と実務能力が要求される。しかし、時折派閥を作りたがる上昇志向の持ち主が組織の上位に座ると、バカでも使い勝手のいい部下を登用するため、ダメ幹部が生まれるのも事実だった。

「おい、栗原、今朝の事件をお前に任せるから、心してかかれよ」

小林は、この若い係長を「栗原」と呼び捨てにしている。これはかつての自分の部下で、殉職した「加藤」以来のことだ。小林にとっては「相棒」に等しい存在の者に対してのみ示す態度だった。

「キャップの後を私がやるんですか？　厳しいなあ」

口ではそう言いながら、この男はいつも小林の仕事を見て、「これが自分だったら……」と考えている。そうするように指導したのも小林だったが、何事もロールプレイングこそ上達のステップであることを、栗原はすでに体に染み込ませていた。

午後一番で被疑者に接見を申し込んだ弁護士は、すでに被疑者が重要部分の全てを供述し、これを覆すことが困難であることを悟ったのか、弁護人選任届を提出せずに帰って行った。取り調べ担当の栗原は言葉も巧みだったが、被疑者の情を攻め、さらにヤクザから守ってやれるのは警察だけだという脅迫にも近い圧力もかけていた。

覚醒剤事件でブツの入手ルートを口にする被疑者は極めて少ない。背後にヤクザが存在することは明らかで、この報復を恐れるからだ。しかし、小林は大瀧の弱点を巧みに突くアドバイスを栗原に伝えていた。大瀧のバックには龍押会は手を出すことができない、龍押会のさらに上位に位置する対立組織があった。これは大瀧が少年時代から気脈を通じていた暴走族が分裂し、大瀧を可愛がっていた連中と、ただ利用していた連中があったことが背景にあった。前者は関西の最大ヤクザに入り、後者が地元の龍押会に入ったのだった。小林はこの最大ヤクザを敵に回すほど龍押会には体力がないことを知っていたし、龍押会が、今その傘下に入る手立てを目論んでいることも知っていた。

「まず、龍押会から潰してやれ」これが小林の考えだった。

駐在所に戻ると陽子と修平が小林を待ち構えていた。

「父ちゃん。副のおじちゃん凄いね。ずっとテレビに出てるよ。父ちゃんはどうしてテレビに出ないの？」

「大変な事件になってるみたいね。また、あなたの当番勤務の日なんだから」

修平は不満そうに、陽子は満足そうな顔をして小林に話しかけた。副署長は四半期に一度、駐在所を訪れて、家族を慰労しているため、修平もその顔をよく知っていた。

「修平。お前のお友達で宮崎ユリアちゃんのファンもいるだろう？」

「うん。保育園の先生がいつも聴いてる」

「そうだろ。もしそのユリアちゃんを父ちゃんが捕まえたら、先生が悲しむし、父ちゃんのことを嫌いになるかもしれないぞ」

「うんそうだ。きっと嫌いになる」

「な、だから父ちゃんはテレビに出ないんだよ。修平が嫌われないようにな」

「うん、わかった」

修平の晴れやかな顔を見て小林と陽子は目を合わせて笑った。

覚醒剤入手ルート

「いいか、お前が一人前になるまで俺が守ってやる。お前は運がいい。きのう、お前を捕まえたのは、日本中のヤクザで知らない奴はいない『鬼コバ』さんだ。お前が全てをしゃべったところで、ヤクザもんも『鬼コバさんの手にかかったのなら仕方ない』というくらいの人だ。あの人は俺の兄貴分でもある。いいか、もう一度言うぞ、これを機会にお前は生まれ変わるんだ」

栗原は大瀧を「完落ち」の状態に持ち込み、大瀧は栗原のことをまるで自分の「兄貴」のように慕うようになってきた。

大瀧から得た供述は、龍押会の内情まで詳しく踏み込んだ内容だった。さらに芸能界の薬物汚染状況まで、少しずつ明らかになっていった。小林は署長の許可を取り、試しに大瀧が話した芸能人の一人を本部組織犯罪対策部の薬物対策担当に報告すると、その供述どおりの薬物とその使用が明らかになった。大瀧の供述調書はまさに宝の山だった。

小林は龍押会の組織実態を本部組対四課と合同で解明していった。大瀧の供述は正確で、若頭の下に闇金担当、薬物担当、武器担当、芸能担当などがあり、闇金担当の下には振り込め詐欺グループから闇賭博グループがおり、龍押会が暴力団の分類の中でも、「博徒」グループ出身の範疇に入る名残を残していた。

この中から、小林は薬物ルートに絞った捜査を行った。一口に薬物と言っても覚醒剤、コカイン、大麻、向精神薬から合法ドラッグまで幅が広く、その入手ルートも多岐にわたっている。その中でヤクザにとって需要と供給、さらに利益率の点で一番おいしいのが覚醒剤であり、捜査サイドからも治安維持上、最もターゲットとしたいブツだった。

龍押会の覚醒剤仕入れルートは北朝鮮ルートであり、この手引きをするのはある貿易会社だった。営業種目は北朝鮮絡みの、羽毛、衣類と海産物の輸出、各種廃棄物の輸入を名目としていたが、実態を調べてもこの項目だけでは大した利益をあげることはできない。この会社の通信を徹底的に傍受し、視察を続けると面白い結果が出てきた。

本部組対四課には公安出身の警部がいた。この警部は「北朝鮮と暴力団相手なら多少の非合法は当然」という発想の持ち主で、「誰でもいいからパクってしまえ」が口癖の危なっかしい男だったが、捜査手法に長《た》けていた。彼はこの貿易会社を自分の目で視察して来るや、会社の裏手の駐車場出入り口近くに拠点を構え、この会社の動きを裏からチェックし始めた。確かにいろいろな物品が運び込まれ、また運びだされるのだ。この作業を約一ヵ月続けるところが公安らしい。これまでの組対なら二週間がいいところだった。彼は視察データを分析させて、警部補である本部の主任クラスの意見を聞いた。分析結果を見ると、覚醒剤と見られる物品の出入りが極めて多い日が数回あった。龍押会は大瀧の供述どおり「薬は買い付けても自分の所には保管せず、こまめに相手方に持ってこさせる」パターンだった。この発注は機械的に証拠が残りにくいＦＡＸが利用されていた。龍押会のＦＡＸから発信され、この貿易会社のＦＡＸが受信した時に限って、翌日の夕方、ジュラルミンケースを持った同じ男が同じ車で出かける。行き先は現在都内で最も逃亡しやすいと言われている、お台場のある一画だった。ここからはレインボーブリッジだけでなく、築地、月島、豊洲のあらゆる場所にほとんど渋滞なしに抜けることができる、今や、都内最高の〝脱出〟アクセスを有する場所だった。

チャンスは一回。主任からは様々な意見が出たが、検挙し、かつ証拠隠滅の防止を図るための具体的な方策がなかなか出てこなかった。すると、公安出身の警部は組対の主任にとって思いがけない案を披露した。

「まず、会社の車を軽微な事故で一旦停めて、その車両にＧＰＳを取り付ける。お台場にはバイク部隊六台を配置して、奴らの接触場所付近で待機させる。組の車が動き出したら、すぐに接触事故を起して転倒負傷して一一〇番通報する。奴らは必ず逃走するので、ひき逃げ犯として現行犯逮捕する。車両を確保、覚醒剤を確認した段階で予《あらかじ》め令状を準備した者が裁判所で捜索差押許可状の発布を受け、身柄拘束から六十分以内に捜索差押を実施する。その際には完全装備の機動隊二個中隊を秘匿配備し、同時行動をとる。当日は近隣所轄から最低四十名の捜査員を派遣する」

これを聞いていた捜査員は唖然としたが、確かに上手く行きそうな感じはした。いろいろな質問が出たが、この警部は全てシミュレーションができているらしく、まるで予め想定問答を作って訓練したかのようにテキパキと回答した。そして皆が驚いたことに、小林を当日の捜査指揮責任者にし、警部自身は捜査主任官だと言った。通常、捜査主任官には警視以上が就くのだが、彼はどうやら全権を委任されている様子だった。全てが、違法ギリギリの捜査だったからに違いなかった。

大捕物はその五日後に訪れた。所轄と機動隊には招集連絡はしていたが、内容は一切知らせていなかった。招集前夜に捜査対象のFAX通信が確認できたため、夜間の招集連絡となった。こういう場合のために警視庁機動隊は常に二個中隊が「突破予備」という名目で、完全装備の態勢で待機している。招集は当日午後一時、警視庁十七階の大会議室だった。機動隊は分隊長以上二十名、各所轄から四十名、本部員三十名の計九十名が実働部隊だった。これに所轄の警備課、刑事課、組対課、交通課も一部が出席した。午後三時に指示が終了。午後四時三十分に配置完了報告が入った。裁判所には午後七時まで裁判官に居残りを依頼していた。

午後五時、貿易会社からお決まりの男がジュラルミンケースを持って、いつもの車で出発した。

「はい、でましたよ」

緊張感のない、捜査員らしい無線だった。

「了解、こちらもゆっくり動きま～す。はい発見、では」

間もなく「ドン！」という音が聞こえる。

「あらら、ぶつかったよ。向こうの一停違反だからね」

一時停止場所不停止違反、ぶつかる場所も計算ずくで選定していたのだった。それから三、四分過ぎて、

「全て完了、先方は第一当事者を認め、お互いを免許証で確認。マル運人定は有線」

まず覚醒剤取引の相手方を一旦確保して、車両にGPS発信器を装着した。第一当事者というのは交通事故で過失割合が高い者をいう。マル運は運転者、有線というのは無線では必要のない者に聞こえてしまう可能性があるため、電話で知らせるという意味だ。

「指揮所から各局宛、マル対は予定どおり高速入り」

予定どおりのコースを通って、もう一方の共犯者が台場で高速を降りた。警察は、言葉を省略する多くの場合に「マル」を用いる。運転者がマル運であるように、マル対は対象者を意味する。暴力団をマル暴と呼ぶのも、これと同じだ。

「指揮所から各局宛、マル対はいつものコースを通って現在テレコムセンター前を通過中。間もなく所定場所。高所配置員は状況を送れ」

「了解、現在マル対所定場所到着。Zの姿はなし。おおっと、Z登場。車両ナンバー、品川二文字　数字三三〇　マッチのま　＊＊－＊＊　わかりやすい黒のセルシオ　マル運一名、

助手席からも一名降りました。後部座席に同乗者はない模様、どんぞ」

「指揮所了解。面割りはいかが。どうぞ」

「助手席は幹部の南、運転がムショから出てきたばかりの小島。どちらもお薬の前科あり。どんぞ」

「指揮所了解。バイク部隊、ＰＣ担当宛、癌研有明病院前でやるよ」

「特攻隊了解」

「検挙ＰＣ了解」

ＰＣ、つまりパトカーだけは地元の東京湾岸警察署の本物だった。事故発生時に反対車線からやってくる算段で、ＰＣの待機場所は九十度のカーブの先であるため、現場からは見通すことができない。当然ながら事件や捜査に一般人を巻き込まないようにとの、対向車線対策と、車の通行阻止を兼ねているが、通行車両はほとんどなかった。ちなみに、「Ｚ」は暴力団を意味する暗号で、アルファベットの最後の文字、つまり最低ランクのものを暗に示している。

「高所から指揮所宛、引き渡し終了。Ｚは車両に乗り込み。ブツは後部座席に大事に置かれましたよ。はい、出発どんぞ」

「特攻隊も出発。Ｚは安全運転。間もなく、行きますよ」

特攻隊と命名された交通事故の当事者となるバイクが容疑者車両に接触事故を試みた様子

だった。ほどなく「ガシャ、キーッ、ガシャン」という音が響く。すぐに急ブレーキの音とともに車が停まり、車のドアが開いて閉まる音がする。

「てめえ、なにやってんだ。下手が追い越すんじゃねえ。てめえが勝手に転《こ》けたんだからな、俺は関係ねえからな」

場所が癌研有明病院正門前のため、歩行者や目撃者が多かった。ヤクザがそう言い残して車に乗ろうとした時、後方から別のバイクが現場に来て、

「こら、何逃げてんだ。ひき逃げする気か」と、運転者に大声で叫ぶ。「うるせえ、この野郎が追い越しに失敗して、てめえで勝手に転けやがったんだ。俺は関係ねえんだ、急いでるんだよ、邪魔するな」

一般ライダーに扮した捜査員が冷静に答える。

「何言ってんだ、事故は事故だろう。お前の車にも傷がついてるじゃないか」

「うるせえな、急いでるって言ってんだろう。邪魔するな」

ちょうどそこへ赤色灯を点けたパトカーが正面からやってきた。歩道にたくさん集まっていた群衆が大きな拍手をした。パトカーはセルシオの前に車を横付けして逃走を阻止し、助手席からいかにも「柔道の選手です」という体型の制服の大男が降りてきた。

「今、一一〇番でひき逃げしそうだという連絡が入ったが、お前がそうか」

「何、言ってんだよ。こいつが俺を追い越そうとして勝手に転けたんだよ」

運転席の男は青い顔をしながら言った。運転席から、年配の目つきが鋭い警部補が降りてきた。彼は、運転席の男を見て、

「お前、どっかで見たことあるな。おう、そうそう、お前、小島だろ」

「な、なんだよ」

運転者はすっかり緊張して、助手席の男をチラチラ見ている。助手席の男は、しばらく目を瞑って車から降りてこなかったが、意を決したように車の扉を開けて言った。

「おい、小島、事故は事故で仕方ねえから、お前はここで警察のだんな方に協力しろ」

男は言いながら助手席から降りると、さらに続けた。

「事故は、こいつが言ったとおり、バイクの兄ちゃんが突然ぶつかってきて、自分で転けたんですよ。ぶつかるまで気がつきませんでしたからね。自分は急ぎの仕事があるんで、この場を離れますが、こういう者です。逃げも隠れもしませんから、連絡をください」

そう言い残して、警部補に名刺を渡すと、後方からきたタクシーを手を挙げて停めようとした。タクシーもこれに気づきウインカーを出してセルシオの後方に停まった。助手席の男は後部座席からジュラルミンケースを取り出して、停まったタクシーの方に歩きだしたので、警部補が、

「おい、南、こんな名刺貰っても、こっちは嬉しくも何ともないんだよ。これから職務質問だ。何を逃げたがってるんだ。まだ、昔の悪さをしてるんじゃないだろうな」

南の顔が引きつった。

「何も、逃げたりしてねえよ。急いでるって言ってるだろう」

「よし、わかった。それなら所持品検査やるから、そしたら行っていい」

「な、なんで俺が所持品検査を受けなきゃならねえんだ」

「ひき逃げ幇助《ほうじょ》の疑いだ。ここにいる人はみんな証人だよ」

「わ、わかったよ。どこでやるんだ。ここでやるのか」

「いや、ここじゃあ迷惑がかかる、そこの病院まで付き合え」

「俺は急いでるんだよ」

「何もなかったらすぐに帰してやる。駅まで車で送ってやるよ」

「パトカーでか？　そりゃ面白い」

警部補は同僚に声を掛け、無線で応援を要請しながら病院に向かった。警部補は予めの指示どおり病院に南を同行させると、病院職員を立会人にして所持品検査を始めた。この病院職員も警察ＯＢで院内暴力などに備えて採用された警備担当だった。

身体検査ではないため衣服の中は外から触る程度で、身に付けている所持品チェックは終わった。

「よし、次はそのジュラルミンケースだ」

「これは預かり物で俺の物じゃない。おまけに鍵がかかっていて俺はその鍵を持っていない」

「そうか、鍵がかかってるんじゃ仕方ないなあ」

「じゃあ、もういいんだな」

南はすぐにでもこの場を逃げ出したい様子がありありだった。ちょうどそこへ私服の刑事が三人入ってきた。刑事の一人が南の顔を見るなり、言った。

「よう、南、久しぶりだな。最近羽振りがいいらしいじゃないか」

「あっ、だんな。な、何でここにいるんですか」

明らかに南は狼狽していた。本部、組対四課の警部補だった。

「ちょうど東京湾岸署に来ていたら一一〇番でお前の名前が出てきたからな。様子を見にきたんだ。外で小島がビビッていたが、何か持ってんのか？」

「何も持っちゃいないっすよ。急いでんですから、勘弁して下さいよ」

南の態度は制服警察官に対する態度とは明らかに違っていた。

「この箱は何だ」

本部の警部補はニヤニヤしながら南に言った。その光景は怯えたカエルを見て楽しんでいる蛇のように制服警察官には見えた。

「知りませんよ。運ぶように頼まれただけですから」

「ほう。大幹部の南さんにパシリをやらせるのは組長と若頭しかいないが、そのどちらかの命令ってことだよな。南さんよ」

「何言ってんですか。これは客の品物ですよ」

自分の上の幹部に累が及ぶことを避けようとする態度だった。本部の警部補は、

「中にシャブでも入ってるんじゃねえだろうな。開けてみろよ」

「いい加減にして下さいよ。俺の物じゃないし、中身なんて知りませんよ。おまけに俺は鍵を持っていないっすよ」

「お前、いつからパシリをやるようになったんだ。なめるんじゃねえぞ。外の小島ならいざ知らず、お前がそんな役をやる立場じゃないことくらいわかってるんだ。お前が開けないのなら、今すぐ令状請求してやるからそれまで待ってろ」

「じょ、冗談じゃない。俺は急いでるんですよ」

「そんなの関係ねえ」

警部補は冗談めかして言った。南は半ば観念したような顔つきになった。

「南、どうした。諦めたか？　ほら、開けろ」

南はじっと考え込んでいたが、自分で何度か頷いた後で、

「これは俺一人でやったことで組には関係ありませんから」

そう言ってジュラルミンケースの底にある小さなボタンを押した。そこから鍵を取り出し、さらにダイヤルキーを合わせた。「パチッ」と鍵が開く音がした。警部補はこれを確認

して、強い口調で言った。

「開けろ」

南は自分でケースの留めボタンを押してスライドさせ、ふたを開けた。中には透明のビニールに包まれた、二百枚入りのはがき大の包みが八包、綺麗に並んでいた。

「中身はなんだ」

南は何も話さなかった。すると警部補と一緒に来た本部の捜査員がいつの間に用意していたのか覚醒剤試薬を準備して、真新しい白手袋のうえから手術用のビニール手袋をはめた。包みの一つを取り上げると、ゆっくりと開く。中には一つ一つ小さな透明の小袋に分包された白い結晶がぎっしりと詰まっていた。

「ほう、もうパケに分けてくれてるのか。一つ一グラムってとこだな。こりゃ全部紋が出るかも知れねえなあ。気を付けて触ってくれよ」

部下らしい捜査員に透明の分包に付いているかもしれない指紋を消さないように指示をしながら、一包を開けさせると南に向かって、

「まあ、釈迦に説法だが、今から覚醒剤の試薬で、この白い結晶の色が青藍色に変わったら、これがシャブってことだ。さあ、やってくれ」

捜査員が小さな耳かき様の棒でほんの少量の白い結晶を、白い乳瓶のくぼみに入れた。これに試薬を一滴落とすと、瞬時に透明の結晶が青藍色に変色した。

「シャブだな。南、お前を覚醒剤所持の現行犯として逮捕する」

南はすっかり観念していた。総量は八キロだった。この報は直ちに本部に連絡され、捜索差押の令状発布を受け、南逮捕から一時間以内に一斉の家宅捜索が始まった。

怒号が渦巻く龍押会本部から覚醒剤は押収されなかったが、その代わりに拳銃数丁が発見され、パソコンや各種書類から多くの捜査資料を得ることができた。また貿易会社では覚醒剤の他、数種の軍事用の武器、大量の偽札が発見され、覚醒剤の分包工場も併設されていることが確認された。

この日の逮捕者は二十五人。この日から波状攻撃のような組織壊滅作戦が実施された。最終的な逮捕人員は六十人を超えた。

南ほかの第二勾留が終わった日、小林は栗原を呼んで言った。

「今回の捜査の経験はお前の宝になると思う。これからは組織を動かすことを覚えることだ。いい指揮官になれよ」

栗原はそのまま捜査本部に残ったが、小林は駐在所に戻った。

翌朝、小林は学校前の横断歩道に立っていた。

「二股勤務、お疲れ様」

学童整理を終えて小林が駐在所に戻ると、陽子が労りを込めた声で言った。

「今回は若いモンを育てながらの仕事だったから、ちょっと大変だったかな」

「ああ、栗原さんでしたっけ」

「そう。久しぶりに活きのいい奴だ。加藤以来だな」

そう言ってしまって、小林はふと陽子の顔を見た。陽子はしばらく小林の顔を見つめていたが、ふと笑顔になって答えた。

「じゃあ、大切に育ててあげなきゃね」

「そうだな。奴はまだ独身だけどな」

陽子から視線をはずして部屋の中を覗くと、修平が退屈そうにテーブルでお絵描きをしていた。昨日から風邪をひいて保育園を休んでいたのだった。

「修平、来い」

修平は制服姿の父親が珍しく自分を呼んでくれたのに驚いた様子だったが、ニッコリ笑って、手を広げている小林に飛びついてきた。この時の二人の合い言葉があった。

「ヒシ！」

ヒシと抱き合うという表現をそのまま言葉にしていたのだ。小林は特に意識したわけではなかったが、修平を強く抱きしめた。

「父ちゃん、痛いよ」

「おお。ごめんごめん。いい子になれよ」

「僕はいつもいい子にしてるよ」

片腕で修平を抱き、もう片方の手で頭を撫でる小林の姿を見て、陽子が涙ぐんだのを小林は見逃さなかったが、何も言ってやることができなかった。

第二章　マル暴担当刑事

警視庁組織犯罪対策部組織犯罪対策第四課

「加藤、しっかりしろ！　すぐに救急車が来る、目を開けるんだ、加藤！」

「キャップ、寒いっす。すんません、こんなドジ踏んで……」

「いいから、いいから黙ってろ。眠るな。目を開けろ」

「キャップ、寒いっす」

路上に倒れて震える加藤の上半身を庇いながら、小林は右腕を加藤の背と路面の間に入れて、加藤の胸部から溢れる血を左手で押さえながら必死で叫んだ。小林の手に加藤の生温かい血液がまるでゆるやかな噴水のように溢れ出てくる。

二十二口径の銃弾が加藤の胸の中に止まっている。

周囲の制服警察官も「頑張れ！　頑張れ！」と声を掛けている。

加藤の目から涙が溢れた。

「キャップ、陽子と修平を頼みます。陽子、ごめんな、修平、バカなパパでごめんな」

「加藤、しっかりしろ！　眠るな！」

救急車のサイレン音が近づいてきた。

「加藤、間に合うぞ。すぐに病院だ。頑張れ！」

加藤はサイレン音が聞こえたのか、ゆっくり頷いた。小林は救急法上級を取得しているが、この時は傷口をなるべく上にして、流血を少しでも防ぐ他に手立てがなかった。加藤の呼吸がか細くなってくる。

「加藤！　起きろ、寝るな！　加藤！」

加藤がうっすらと目を開けた。

「陽子、修平」

弱々しい声で呟く加藤には、もう小林の姿が見えていないようだった。

そこへ救急隊が到着した。

「加藤！　もう大丈夫だ、救急隊だ！　もう大丈夫だぞ！」

救急隊は手際よく人工呼吸器を加藤の鼻孔に取り付けるとストレッチャーに乗せ、救急車に搬入して救命センターに向かって発進した。消防と警察は決して仲がいい関係ではない。しかし、元々は同じ組織から分かれた経緯があり、その証しは双方の徽章《きしょう》となっている旭日章にある。その関係上、危険を伴うお互いの職務上の事故については、「最優先」が不文律になっており、これが相互の信頼関係の根本にある。

遠ざかるサイレン音を聞きながら小林は祈りに近い感情で呟いた。

「加藤、死ぬなよ……」

加藤は出血と闘った。大量の輸血も行われた。救命センターの緊急手術も最善の手が尽くされた。五時間に及ぶ手術が終わったらしく「手術中」の緑色ランプが消えて、手術室から執刀医が出てきた時、加藤の妻の陽子が一歳の息子・修平を抱いて長椅子から立ち上がった。組対四課長、担当管理官、担当係長、そして小林が一緒だったが、この数時間、誰一人口を開く者はなかった。

執刀医が待ち受ける関係者に、

「手術は万全を尽くしましたが、今夜が山場です。右心房に損傷がありました。弾丸がその脇に止まっていました。今までよくもったと思っています。これからは彼の生命力次第です」

極めて困難な手術だった。居合わせた同僚は執刀医に深々と頭を下げながらも、それぞれが自分の信ずる神仏に、加藤が無事に治癒することを祈るだけだった。

ストレッチャーに乗せられた加藤が手術室から出てきたが、麻酔で眠っているため、安らかな顔をしていた。この時、初めて陽子が、

「生きて！　生きるのよ！」

と、涙を溢れさせながら叫んだ。その声で眠っていた修平が驚いて目を覚まし、大声で泣き始めた。

手術室から直接ＩＣＵに運ばれた加藤に付き添い、小林は上司を帰して、陽子とともにＩＣＵの脇にある控室で過ごした。加藤が寝ているベッド脇のモニターには、規則正しい心電図の波形と、脈拍が記録されていた。午前二時を過ぎた頃、そのモニター脇にある緊急通報用の赤ランプが点滅した。ナースと主治医が加藤の傍に駆けつけると、モニターの心電図波形が乱れている。主治医が後から駆けつけた当直医二人と懸命の治療を施す中、ナースが加藤の妻と小林の所に駆けてきた。

「ご主人の傍にいてあげて下さい」

マスクを付け、二人はＩＣＵに入り、加藤のベッド脇に立った。陽子は加藤の手を握り、しっかりした口調で、

「あなた、大丈夫よ」

と、何度も繰り返した。小林も、

「加藤、俺だ。負けるな」

加藤の耳元で言った。その時、加藤がうっすらと目を開けて、

「陽子、ごめんな。ごめんな。修平、ごめんな。キャップ、陽子と修平を……」

モニターに付いている脈拍を示す機械が、「プッ、プッ」という生命の証しを伝える音か

ら「ツー」という無機質な音に変わった。傷ついた心臓を圧迫するため、心臓マッサージを施すことができない。三人の医師はお互いに目配せをしながら一人が瞳孔を確認して自分の時計を見た。

「午前二時十五分。まことに残念でした。ご臨終です」

陽子はその場で取り乱すことなく、冷静に医師たちに頭を下げた。そして、加藤のまだ暖かい顔や手を撫でながら、

「つらかったねえ。痛かったでしょう」

言ったとたんに抑えていた感情が制御できなくなったのか、その場に泣き崩れた。

加藤雄一巡査部長は二十九歳の若さで職務に殉じた。

小林の体から力が抜けた。加藤を死なせてしまった自責の念に襲われた。加藤を所轄から組対四課に引っ張ったのは他でもない小林だったからだ。


小林は警視庁組織犯罪対策部組織犯罪対策第四課主任、三十八歳の警部補だった。

巡査時代から刑事部捜査第四課に勤務し、暴力団捜査一筋に警察人生を過ごしてきた。巡査で本部勤務を経験できるのは稀だったが、その背景には高校時代に取得した柔道三段という肩書きがあった。九州、熊本出身の小林は高校柔道の三大大会の一つである金鷲《きんしゅう》旗《き》大会で十五人抜きという快挙を成し遂げた経験があった。九州は現在でも武道が盛んな地域で、

特に柔道、剣道は現在でも多くの町道場があり、小学生から参加できる大会も多い。この中で高校生の大会として柔道の金鷲旗、剣道の玉竜旗《ぎょくりゅうき》の大会は九州開催の大会として特に有名だ。この大会の特徴は五人制勝ち抜きトーナメント方式の団体戦という点である。小林はチームの先鋒として出場し、一回戦から三回戦まで一人で十五人を全て一本勝ちで勝ち抜いたのだった。チームはベスト8で敗退したが、この結果、幾つかの大学から柔道の特待生の誘いもあった。

だが、小林は子どもの頃からの警察に対する憧れと、柔道の先生の勧めもあって、迷うことなく警視庁を受験していた。警察に入っても柔道では一目置かれる存在だったが、警察内で柔道の先生になるつもりはなかった。年に一度実施される警視庁柔剣道大会では、本部、警察署を問わず、どこの所属も強い選手を欲しがるのが実情だった。優勝旗を所属長室に飾るのが所属長の夢の一つであり、当時組織内で力を持っていた捜査第四課長が強引に小林を所轄から引っ張ったのだった。その年、捜査第四課は柔道大会で宿敵警護課を倒して優勝し、小林は全勝賞で四段に昇段している。巡査部長の時に組織改編があり、組織犯罪対策部ができた際にその一期生として、部長刑事として着任した。その二年後には警部補試験に合格して池袋警察署の暴力団担当係長となった。この時、地域課の交番勤務員の巡査部長に加藤雄一がいた。加藤は柔道の特練選手としても小林と同じ釜の飯を喰った仲だった。特練選手というのは、柔道、剣道の所属代表選手が、年に一度の警視庁大会に出場するため、勤務の他に特別訓練をするメンバーである。加藤は細身ながら技のキレが素晴らしく、当時二十五歳で講道館四段を取得していた。小林も同じ四段だが、体格で勝る小林の方が組めば優位だったものの、時折足技で加藤に一本を取られることもあった。

稽古の後は風呂に入って食事をするのだが、特練仲間という絆は強いものがあり、ある時、加藤が、

「キャップ、僕も、マル暴やりたいです」

そう言ったのがきっかけで、小林は加藤の勤務態度や実務実績を評価して警視庁巡査部長刑事講習に推薦したのだった。この講習で加藤が優等賞を取ってきたことを署長も喜び、特練選手として他の一般署員よりも名前が売れていただけに、即日、刑事課勤務となった。半年間の盗犯捜査を経て、小林が係長を務める組対課暴力団担当係の直属の部下となった。

この頃、交通課に勤務していたのが、加藤の妻になる陽子だった。警視庁だけでなく、全国的に女性警察官の競争率は高く、学業能力も男子警察官より優れている場合が多い。

陽子も都内の一流女子大出身だった。これに比べ、小林も加藤も地方の高校卒業後、警視庁警察官になった組だが、二人とも夜学で大学を卒業しており、向学心はあったのだ。陽子は目鼻立ちがはっきりした、かわいいというよりも美人タイプで、明るく、腰も低く、しつけの良さがにじみ出てくるような、いい性格だったが、彼女の父親が警視庁の有名な大幹部だったことで、普通の警察官ではデートに誘うことにも尻込みしてしまう環境にあった。

この陽子との交際を加藤から報告された時、小林自身、加藤の若さと行動力を羨んだほどだった。警察官は男女の交際についても、上司に報告の義務があるのだ。

小林が組織犯罪対策部組織犯罪対策第四課に転勤となって半年程たったある日、上司から「所轄で使える若手はいないか?」という相談を受け、一も二もなく加藤を推挙した。

翌年三月の定期交流で加藤は組織犯罪対策第四課に異動となった。警部補以下の階級の警察官は、原則として一所属の任期は五年とされている。この間に昇任試験に合格しない場合は異動となる。ほとんどが所轄から所轄への異動となるのが通常であるが、本部に空きがあった場合にのみ本部異動の道が開かれる。この異動は年に二度、春と秋に行われ、警視庁ではこれを定期異動と呼ばずに「定期交流」と呼んでいる。この異動内示が出た時には加藤から小林にお礼の電話が入った。巡査部長クラスでの本部勤務は本部からの有力な推薦がない限り不可能と言ってよかった。この頃、小林は現場を離れ、主として事件指導デスクで上司の主査(警部)とともに、五・十方面担当を受け持って、個々の事件に対する事件処理の指導を担当していた。

警視庁は管轄区域である都内全域を第一方面から第十方面に分けており、第五方面は文京区、豊島区、北区の南部、第十方面は練馬区、板橋区、北区の北部を管轄するもので、以前はこの二つの方面が一つで旧第五方面だったが、高島平や光が丘という巨大団地の出現で、人口が増大したことから、これを二分したのだった。この第五方面の筆頭署が池袋警察署ということになり、都内山の手地域の三大繁華街である新宿、渋谷、池袋の一つを管轄していた。

組織犯罪対策部組織犯罪対策第四課の任務は、「暴力団等の視察内偵及び暴力団等に係る事件情報の収集、犯罪の取締り、及び群集犯罪の捜査」である。

課員は課長以下、約百八十人だった。しかし、課員でも警視庁本部内で勤務するのは、六十人程で、あとの三分の二は、麻布、築地、新宿、池袋など、主要暴力団の本拠地を管轄する分室に散らばっている。

小林は池袋警察署から組対第四課に転勤はしたものの、転勤当初の勤務場所は池袋警察署内にある分室だったため、当時は本部員という認識を持つことがなかなかできなかったし、彼の捜査対象である地元の暴力団の構成員連中も、小林が転勤したとは思っていなかった。当時小林は暴力団の間で「鬼コバ」と呼ばれるほどの強面で、彼らが対立抗争のまっただ中という極度の緊張状態にあるさなかでさえ、小林の「てめえこの野郎」という一言で、渋々手を引いたものだった。

その後小林が池袋分室から本部勤務になった時にはじめて、地回りの暴力団の中で「鬼コバが本部に転勤になった」という噂が広まったくらいだった。それでも、彼らのテリトリーである池袋や練馬に時折「鬼コバ」が出没するため、「まだいる……」と囁かれていた。

この頃、池袋ではこれまでの地回り暴力団の対立抗争に、新宿をアジトとしていた中国マファアが加わった、三つ巴の対立抗争が激しさを増し、毎日のように拳銃発砲事件が発生していた。

警視庁では組対第四課と銃器対策を担当する組対第五課がこの対策に本格的に動きはじめ、一斉摘発を繰り返していた。

小林も方面担当指導員として、また古巣の池袋署を中心とした、各署からの応援要員などを含む、総勢百人規模の指揮官の一人として防弾チョッキに身を固めて、池袋ビックリガード付近を巡視警戒中だった。

地回りの暴力団構成員は小林の顔を見ると、ぺこりと頭を下げていく。小林の巡視に同行していた加藤は、

「キャップ、相変わらず、顔が売れていますねえ」

笑いながら小林のすぐ左前を歩いていた。

午後五時頃、交差点の横断歩道の反対側に、目付きが悪い、小林が今まで見たことがない暴力団風の男が、腕組みをするように右腕をジャケットの左内ポケット付近に入れて信号待ちをしていた。小林も加藤も、この男を不審に思った。二人は目配せをして、お互いに特殊警棒を取り出して腕の陰に隠し、信号が変わるのを待った。

職務質問をする際に一番重要なことは受傷事故防止である。相手の死角に自分を持っていくのだ。前方にいる男がナイフや拳銃を所持しているおそれがある場合には、相手の動きを

よく見て、右利きならば相手の右側から声をかけるのだ。

信号が変わった。信号が変わる前に小林は加藤に自分の左後方に付くように言ったのだが、警察礼式を知っている加藤は上司の左前方に出て横断歩道を渡りだした。相手との距離が五メートル近くになった時、暴力団風の男はジャケットの内側から素早く右腕を出すなり、手に握っていた自動式拳銃を小林に向けた。

その時、小林の右後方から乳母車を押す若い女性が急ぎ足で小林を追い越そうとした。その瞬間、この女性は初めて拳銃に気づいた様子で、声を上げることもできず、その場に立ちすくんだ。小林はとっさに庇うように両腕で女性をカバーしながら、乳母車を後方に引き寄せた。しかし加藤はそれよりも一瞬早く男の右側方から相手に迫り、相手の拳銃を特殊警棒で打ち払おうと男の右脇から鋭く振り下ろした。男はこれを避けたが、加藤の特殊警棒は男の右肩に当たり、男は大声を上げてその場に倒れた。その時、軽く、乾いた拳銃の発射音がした。

加藤も防弾チョッキは着用していた。しかし、発射された弾丸の一つは体の中央部に命中していた。

「うっ！」

加藤が呻いて小林を振り向いた時、加藤の胸の中央部がみるみる赤くなっていった。

小林は加藤をその場に仰向けに寝かせ、拳銃を発射した男の両腕を思い切り特殊警棒で殴りつけ、拳銃を奪い取って、さらに倒れている男の両膝に特殊警棒をたたきつけた。手応えと「グシャッ」という音から男の両手両足を骨折させたことは間違いなかった。男も大声を出して呻いている。

加藤のワイシャツを開くと、運悪く防弾チョッキのファスナー部分を貫通した痕があり、そこから血液が湧きだしていた。小林は無線機を取り出し、

「至急、至急、発砲事件、明治通りビックリガード交差点、警察官負傷。一一九番の要請を乞う」

池袋警察署の所轄系無線に一報すると、池袋署のリモコン担当は小林の聞き覚えある至急報に応答して、署内の非常ベルを鳴らした。幸い、池袋警察署と池袋消防署は現場から直線距離で五百メートルと離れていない。十秒もせずに緊急車両のサイレン音が聞こえた。

小林はすぐに加藤の傍に駆け寄り、できるだけ出血を抑えようと、ハンカチを弾丸が貫通した防犯チョッキの穴部分にあて、右手を傷の反対側の背の下に入れて、加藤に必死の声掛けをした——。

この事件はマスコミにも大きく取り上げられ、加藤は一般人を庇って殉職したとの報道がなされた。実際、あの時加藤が飛び出さなければ、小林の脇を歩いていた、子連れの若い女性が被害にあったのかも知れなかった。この女性の恐怖と感謝のコメントを各マスコミが繰

り返し流し、「警察官の身を挺した行為と犯人逮捕」という型通りの見出しが躍った。

多くの献花がその後一ヵ月近く、ビックリガード手前の交差点に設置された仮設テントで行われた。

事件発生から三日後、暴力団側は警察官を射殺したことを「誤射」と認め、これ以上、共犯として組の幹部に累が及ぶのを防ぐため、若頭がどさくさにまぎれて仲間に救出されていた実行行為の犯人を伴って警視庁本部に出頭したのだが、その翌日には、警視総監宛に、「エンコ詰め」の小指五本を「詫び」として送りつけてきた。さすがに総監もこれには激怒したらしい。

「警察はヤクザじゃない」

その指を指紋確認して送り返し、組対部長に対して徹底した捜査を行うよう檄を飛ばしたと伝えられた。

昇任試験と定期異動

警視庁本部の勤務は原則として、一階級五年が限度とされていた。この間に昇任できない場合には定期交流の対象となり、所轄に出されてしまう。

加藤の死から一年近く、小林は抜け殻のようになってしまっていた。上司もこれを黙認していたが、ある時、着任間もない組対四課長に呼ばれた。彼はキャリアの課長で歳も小林とあまり変わらなかった。キャリアと一口で言っても、出来がいいのとそうでないのとがいる。たった一度の試験（国家公務員Ⅰ種試験）に合格しただけで、全く違う人生が拡がっているのだからそれも仕方なかった。この時の組対四課長・古賀警視正は不出来のキャリアの部類に入った。

「小林君、君はやる気があるのかないのか全くわからない。勤務評定は『AAA』という最高評価なのだが、それは去年までのことだ。部下を死なせてしまった無念に浸ってるつもりらしいが、いつまでそうしているつもりなんだ。新しい部下も入ってきている。悪いが、指導担当からまた現場に出てもらうからね。それから、あと二年で満期だろう。昇任試験の準備もしていた方がいいよ。今のままじゃ、『余人をもって代え難い』存在とはいえないからな」

小林の捜査官としての能力は高く評価されていたし、暴力団対策にかけては警察庁指定の「全国指導官」という立場にもなっていた。このため、都内だけでなく、全国に捜査指導に回る立場でもあった。古賀課長が言った「余人をもって代え難い」というのは、通常五年の任期をさらに延長してその所属に留まる場合をいい、各部署に何人かそういう指導員的存在がいるのは確かである。

「あと二年か……。そう言えば、来月は加藤の一周忌だな……。少し考えてみるかな」

小林は、課長の一言で事件指導担当筆頭主任から、第三、第四方面担当の現場主任に転身した。第三方面は渋谷、第四方面は新宿を抱える、暴力団と外国マフィアのるつぼのような地域だった。当然、ここを担当する管理官や、方面指導官は小林の転身を歓迎した。

小林は新宿警察署内にある分室長を任された。新宿の暴力団の巣窟はやはり日本一の歓楽街・歌舞伎町だった。ここは巡査部長時代に何度も摘発を繰り返した場所だけあって、だいたいの概要はわかっていたが、この頃、外国マフィアに地回りのヤクザが押され気味という傾向があった。

部下と共に夕方の歌舞伎町に出る。小林は花園神社に参拝をしてから、ゴールデン街を一回りして区役所通りに入った。小林の顔を見るなりギョッとした顔をする呼び込みや、ニコニコ愛想を振りまいてくる中国人の情報屋もいる。まだまだ知った顔がたくさんいた。小林はここでもう一度やり直そうと思った。

加藤の一周忌は組対第四課主催で行われた。葬儀の際は「壮絶なる殉職」として、都知事、警視総監が主体となった「公葬」が青山斎場で行われたが、一周忌にも警視総監以下の全ての部長級が参列していた。

一年を経て、妻の陽子も落ち着いてきていた。小林は月に一度は墓前を訪れ、何度か陽子とも顔を合わせた。陽子も小林を頼る事が多く、再就職の斡旋や、多額の弔慰金の運用などの相談に乗っていた。

公的な法要が終わった後、親族のみの集まりに小林は呼ばれた。通夜の時から、加藤の親族は小林の事を知っていた。加藤の両親は生前、加藤本人から小林のことをよく聞かされていたらしい。加藤は姉二人を持つ三人姉弟の末っ子だった。二人の姉も小林の事をよく知っていた。また、陽子の父親は二度の署長職を経て、現在警視正の方面本部長で、次は警察学校長か参事官ポストが待つ、ノンキャリの星的存在だった。

「小林さん、いつもお気遣いいただき、本当にありがとうございます」

加藤の母親が小林に言った。これに合わせるように、同席している親族のすべてが立ち上がって小林に深く頭を下げた。小林は何も言うことができなかった。やはり心の中で「自分が殺してしまった」という悔恨の情があった。そこへ、陽子の父、武田俊一方面本部長がやってきた。

「小林君、理事官の太田から聞いている。もう自分を責めるのは止めなさい。雄一君の死は運命だったんだよ。今、ここで君までを組織が失うことは、日本警察にとっても大変な損失なんだ。雄一君の供養だと思って、もう一度仕事で勝負してみてくれないか」

「ありがとうございます。先週から、現場に復帰しました。もう大丈夫だと思います」

「そうか、それを聞いて安心した。ところで、小林君はまだ独身なんだって?」

「はい。こればかりはヤクザもん相手に強面でいられても、どうすることもできません」

「そうか……」

武田本部長はそう言って娘の陽子を振り返った。陽子はじっと俯いたままだった。

「小林君、君のことは組対部長も心配している。課長があんな風だからな。理事官の太田は同期だからよくわかっているよ。今はまず自分を取り戻すことだ。それからでいいから、残された者にも心を配ってやってくれ」

武田本部長はまた陽子を振り返ったが、陽子は相変わらず俯いたままだった。

「はい。ありがとうございます」

小林は親族に頭を下げてその場を退いた。斎場の出口に近づいた時、後ろから陽子が追いかけてきた。

「係長、すいません」

小林は陽子の顔を見て、明るさが戻っていたことにホッとした。おそらく今日は組織のお偉いさんばかりで緊張していたのだろう。

「陽子、どうした？　さっきも俯いてばかりだったから、少し心配していたんだぞ。お前がしっかりしなきゃ修平も明るくならないからな」

小林は陽子が池袋警察署に卒業配置になった頃から知っていたし、当時から彼女を「陽子」と呼び捨てにしていたのだった。この呼び方は彼女が加藤と結婚してからも変わらなかった。弟分の加藤の嫁さんになったことで、彼女に対しても兄貴分というような感覚が小林の中にあった。彼女も、また彼女の父親もこれを何とも思っていないようだった。

「お仕事、大変だったんですってね。先日、父から聞きました」

「いやいや、大変じゃなかったから、あれこれ言われていたんだよ。でも、もう大丈夫だ」

「よかった。さっき、父が変な事を言い始めるんじゃないかと思って、ドキドキしてしまって、申し訳ありませんでした」

「いや、お父上とうちのナンバー2の理事官が同期だったとは知らなかった。激励をしてくれたよ」

「いえ、その事じゃなくて……」

陽子は、言葉を止めて上目遣いに小林を見た。

「ああ、独身の話か……まあこれは仕方ないな。天の神様のみぞ知るところだ」

「今は、まだ誰もいらっしゃらないんですか……決まった方」

「そうだな、そろそろとも思ってはいるんだが……」

「よかった」

陽子は嬉しそうな顔をして笑った。

「何が『よかった』だ。俺だって一度は結婚くらいしてみたいと思ってるぞ」

「ですよね。でも、係長が結婚してしまったら、私達のこと、みんなが忘れてしまいそうだから……」

ふと、不安そうな眼差しを見せる陽子の顔をじっと見て、小林は思わず「綺麗だ」と思った。だが、それが何か場違いなことのような気がして、その意識を自分で打ち消していた。

　十日ほど後、陽子から相談事があるとの連絡があったので、土曜の午後に家を訪れた。小林は玄関で出迎えてくれた陽子の顔をなぜかまともに見ることができなかった。

　応接セットのソファーに並んで座り、陽子が冷たいビールをグラスに注いでくれた。

「なんだい、相談事って」

「実は、加藤の実家から、修平のことで相談を受けたの」

　陽子は、結婚前から小林に対しては自分の兄のような感覚で話をしていた。加藤が敬語を遣っているのに、一部の手強い女性警察官の悪しき伝統として「タメ口」を利くことが多いのだが、陽子のそれには決して嫌な気はしなかった。

「うーん、あいつは跡取り息子だったからな」

「そうなの。ご両親はいい人なんだけど、あの一周忌の後に『陽子さんはまだ若いのだから、将来のことを考えて、いつまでも雄一に囚われなくていいんですよ。あなたにはあなたの人生があるんだから……でも、修平は私達の孫でもあるのね。今なら私達もまだ若いつもりだから、孫だけれど、養子縁組をすることもできる』って言われてしまって……私どうしていいのか、わからなくなって……」

「難しい問題だな。修平を引き取って育てるのが一番なんだが」

「そうしたいんだけど、お義父さんやお義母さんの事を考えると、私も辛いの……」

「そうだな。その結論はいつまでに出さなければいけないんだ」

「期限っていうものはないんだけど、修平がものごころがついてしまったら、離れ難くなってしまうんじゃないか……って心配しているみたいで……」

「加藤の上の姉さんはまだ独身だろう？　彼女が養子を取れば問題ないわけじゃないのか？」

「お義姉さんは、その気になればすぐにでも結婚はできると思うけど……私のわがままでそんな条件を付けるのは忍びないし」

「なにもかも丸く収めるのは難しいぞ。修平の将来を一番に考えてやらなければ」

「私もそう思ってる。でも、私みたいな『没《ボツ》イチ』の子持ちはそんなに相手にされないわよ」

「なんだ、その『没イチ』ってのは」

「夫と死別すること。普通の『バツイチ』とは違うのよ」

「そんなことはないさ、お前はまだ女としても十分通用するし、おまけに、今は『バツイチ』なんて言葉は遣わないんだよ。『イチ婚』っていうんだ」

「へえ、いいわね、その言葉の方が、夢があって」

「そうそう。何でも前向きに考えなきゃ」

「でも、係長、私のこと『女』って言ってくれた？」

一瞬、小林は言葉を失って陽子を見た。陽子は何と答えてもらいたいのだろう……一体自分は何をドギマギしているのか。今日、陽子と会った時にどうしてか彼女の顔を見ることができなかった自分を思い出していた。

「あ、ああ、言ったよ。陽子は昔から可愛かったけど、ここ数年は綺麗になったなあ……と思っていた」

「素直に嬉しいな。係長、そう思ってくれてたんだ」

「加藤との結婚話を聞いたときは、俺だってガックリしたもんだよ。しかし、お前たちふたりは誰が見てもお似合いだったからな」

「ふうん、そうだったんだ。あの頃、交通の別館では、係長もかなり人気あったんだけどなあ。見た目だって格好いいし」

小林は百八十センチの身長で股下九十センチと足も長い。九州人らしく眉が濃く彫りの深い顔立ちで、人気プロ野球選手に時々間違えられる時もあった。

「そんなことはもっと早く言え。自分たちのことばかりに夢中になって。でもな、それがこんなことになってしまうんだからな……」

所轄当時の職場内での楽しいやりとりが思い出された。交通違反でヤクザを検挙した際の応援に何度か出向いたことがあった。ヤクザものは小林の顔をみると、「鬼コバさんが来たんじゃ仕方ねえな、しかし、鬼コバさん、もう少し人間味を持つように、このブス雌ポリに教えてやってくださいよ」と、女性警察官に悪態をつきながらも、素直に切符を切られていたのだった。

「わたし、幸せすぎたバチが当たったのかな」

「幸せすぎにバチなんて当たるものか……。しかし、早いもんだ、もう一年か……」

「ちっとも早くなんかない。今日が三百七十八日目。一日一日が長くて仕方ない……」

陽子がそう言って目に涙を浮かべたかと思うと、そのひとしずくがポトリと落ちた。辛い毎日だったのだろう。小林が陽子の頭を撫でると、陽子は小林にしがみついて嗚咽を漏らし始めた。今まで一人で必死に我慢していたのだろう。小林は片手で頭を撫でながら優しく抱きしめていた。

その夜、小林は陽子に言った。

「陽子、俺についてくるか?」

陽子は再び涙をこぼしながら小林にしがみついた。

加藤、これでいいのか? 陽子も修平も俺が引き取る。それで本当にいいのか……。

駐在

新宿分室で数多くの実績を残し、小林が再び指導担当の筆頭主任に返り咲いたとき、すでに課長は新たな人に代わっていた。今度の課長もキャリアだったが小林の能力を高く評価してくれていた。

「マル暴の神様」と言われた小林は、全国的にも暴力団対策のエキスパートとして、その名をとどろかせていた。しかし小林は「神様」と呼ばれることを決して快く思ってはいなかった。また小林は所轄の暴力団担当捜査員の中で、まるで自分まで暴力団になってしまったかのような格好をする者を「バカ」だと思っていたし、そんな捜査官のセンスも能力も疑っていた。所轄に指導に行った際にも「どうしてそんな格好をするんだ?」と質問したが、納得できる回答を示してくれた者は一人としていなかった。

小林は長身で体重八十キロの体格だが、髪は軽くバックにするくらいで、服装はスーツもセンターベントのシングルボタン、ワイシャツはボタンダウン、ネクタイはレジメンタル。一言でいえばアメリカントラッドなのだ。だからと言って暴力団の連中にバカにされることはない。今や暴力団の中でも経済ヤクザと呼ばれる連中も、イタリアンスタイルやこの手の服装が多いのが現実なのだ。

警察は警察、暴力団は暴力団という基本的なけじめが付かない連中の中で「神様」扱いされることが嫌だった。さらにはこれまで「○○の神様」と呼ばれた先輩警察官の中に、一人として心惹かれる人間がいなかったのも事実だった。「神様は人を育てない」というのが小林の持論でもあった。

しかし小林本人は、警察人生で新たな展開を迎えようとしていた。

この頃、小林は、事件被害者である大手損保会社のオーナーに向けられた様々な企業対象暴力に対して、強行手段をもって闘おうと考えていた。この背景には大掛かりな詐欺事件があるのだが、その捜査には刑事部捜査第二課の協力を仰がなくてはならなかった。ところが、刑事部と組織犯罪対策部の間にある微妙な人間関係は、その場で一緒に勤務する者にしかわからない、組織にとって危うい、縦割りの社会があった。当然ながら、刑事部と組対部の力関係で言えば、刑事部が圧倒している。

小林がかつて刑事部のエースと呼ばれていた時代には、刑事部長であれ捜査第二課長であれ、小林の進言に耳を貸してくれたものだったが、一度その組織から外れてしまうと、一介の警部補が何を言おうが、取り合って貰えないのが現実だった。

おまけに、組織内の一部では「同行していた部下を死なせ、その残された嫁さんを自分の女房にしている」という評判まで立っていたのだった。

小林は、加藤の三回忌を待って、陽子と結婚していた。小林は初婚だったが、様々な誹謗中傷が小林に対して行われた。小林はこれに耐えながらも、組対の人間関係に辟易《へきえき》するところがあったのは事実だった。

そんな時に発生した事件が、この大手損保会社のオーナーに対する脅迫事件だった。

小林は方面指導担当主任兼事件担当キャップとして、この警察署の捜査本部デスクとして乗り込んだ。たかだか脅迫事件ではあるが、背後には日本経済を揺るがしかねない大掛かりな暴力団組織と様々な経済団体の絡みがあり、警視総監本人が都議会で、都知事から解決に向けた直接の依頼をされていた事案だった。このため、この捜査本部には毎日のように組対四課長が訪れ、週に一度は組対部長まで足を運ぶという極めて珍しい事件だった。

小林はデスクキャップの身でありながら、自ら情報収集や取り調べを行い、この事件をまとめていった。約八ヵ月を要したが、この事件を解決したとき、小林は都知事室に招かれ、知事たっての希望で、知事本人から現職警察官が受ける最高の表彰基準である、警視総監賞の賞詞一級を人間国宝の刀匠が打った短刀と共に受領したのだった。

「マル暴対策官・小林健」の名前が、全国の警察だけでなく、全国の暴力団関係者にも鳴り響いたのはこの時だった。

しかし、当の小林は、暴力団対策を行う自分よりも、もっと地道に都民と触れあい、かつ、直接的に都民の力になっている存在と初めて接することになった。それが、駐在だった。

「駐在」というのは、所轄の中の一地域を管轄する警察官で、地域課にありながら、交代制勤務ではなく、家族とともにそこに暮らしている。このため、地域住民との密な人間関係が必然的に求められることから、昇任試験に合格して、すぐに異動する、いわば昇進優先の意識がある者には向かないセクションである。

小林は、この「損保会社のオーナーに対する脅迫事件」に際して、オーナーが居住していた地域を受け持つ駐在の人柄に感銘を受けたのだった。彼は五十五歳の巡査部長で、あと五年で定年を迎える大先輩だったが、警察署を二所属経験しただけで、その所轄には何と二十五年も勤続していた。地域住民が警視総監に対して嘆願書を出して、異動をしないよう申し入れていたのだった。「都民に愛される警察官」――まさにこれを地で行く人物だった。

彼は地域警察一筋で、特に何が専門というものはなかったが、全ての警察事象を総合的に扱う地域課員を続けただけに、あらゆる処理に対して専務警察よりも、かえってバランス感覚の取れた対応ができていた。おまけに、一所属、それも一地域に二十五年居住しながら、その地域の治安維持にあたってきただけに、その地域に関する情報量はいかなる機関よりも優れていた。

件《くだん》の大手損保会社は業界でも「支払いが悪い」という噂はあったのだが、これは損保会社のオーナーの人柄でもあったようだ。

「あそこはね、大手のワリには社員教育もできていなくてね、訪れる客層も年を追って悪くなっていくね」

「なるほど、業界でもワンマンで通っていますからね」

「あの社長の三男坊はヤクザとも繋《つな》がっているからね」

「ええっ、それは知りませんでした」

「あら、そう？　それを知って組対四課が来ているのかと思ったんだが……」

「それは、ここ（所轄）の組対課も知ってるんですか」

「そりゃ知ってるでしょう。私も何度か注意報告書を提出していますから……」

注意報告書というのは、地域警察官や捜査員が各種取り扱いの中で、今後の捜査の参考となることや、他部門が知っておくべき事象について知悉《ちしつ》したときに、これを情報として報告する制度であり、この注意報告書から指名手配犯の検挙や極左暴力集団のアジトを発見できることも多い。

「少なくとも、私のところまで報告は上がっていませんね。確認をしてみます。ところで、そのヤクザはどこの団体かご存じですか？」

「団体名までは知りませんが、関西系だと思いますよ。ちょっと待って下さい」

駐在は執務室の奥にある自宅に入ってバインダーを一冊取り出してきた。

「これがね、ここ数年、あの家にきたヤクザ風の車のナンバーと三男坊の仲間の車のナンバー。それから、この名前は三男坊の友人をバン掛けして照会した際にマルＢヒットした奴の名前ですよ」

バン掛けとは、職務質問の隠語である。地域警察官や交通取締りに従事する警察官は、取締りを行う際には必ず「氏名照会」を行う。万が一、これを怠って後にこれが指名手配犯であったり、家出人であったことが判明した場合には厳重な処分が待っているからである。マルBヒットとは、相手が暴力団員であったことを示している。ちなみに、交通違反の場合、簡易な違反で、照会の結果これまで違反が一度もないような場合には、厳しく叱って厳重注意にすることも、逆に違反者の反省を促すことになる。叱るだけ叱って切符を切ればかえって反感を買うだけなのだ。

「ほほう。ちゃんと保管していらっしゃるんですね」

「そりゃあ、犯罪捜査規範に『備忘録』の作成は定められているじゃないですか」

犯罪捜査規範は警察官が犯罪捜査を行うに当たって守るべき心構え、捜査の方法などを定めたバイブルのようなもので、警察法、刑事訴訟法の要請を受けて定められた「国家公安委員会規則第二号」がそれである。

これだけきちんとした自己管理をしているからこそ、地域住民からの信頼も大きいのだろう。

小林はそのデータを写し取って、所轄の組対課に行き、管内暴力団関係資料を確認すると、そのデータは記載されていなかった。担当係長を呼び、注意報告書の処理について質問すると、担当の巡査部長が今年転勤したので詳細は判らないという、杜撰な扱いだった。小林はその場から直ちに本部の指導担当に連絡し、随時監察を実施するよう要請した。こういういい加減な専務警察の存在を許すことができない性格だった。

担当係長及び上司の課長代理は小林の名前をよく知っていた。何と言っても全国指導官なのだ。

「なんとか穏便に……」というのが彼らの姿勢だったが、小林は、首を縦に振らなかった。

随時監察は翌日、本部管理官以下四名で実施され、過去五年間の関係者全員が処分され、この中で本部に異動していた警部補は即日所轄に飛ばされた。「鬼コバ」はこういう所でも用いられる呼称になっていた。

小林は駐在が持っていた資料を借り受け、詳細に分析してみた。その資料はまさに宝の山だった。

大手損保会社を取り巻く、多くのヤクザ者や総会屋、そしてオーナーの三男坊に関わる暴力団と地回りとの対立抗争まで浮き彫りとなったのである。

ほんの一握りの地域だけでも、これだけ詳細に把握されていれば、大きな事件でも解決できる……小林はこの駐在の警察官としての姿勢に心をうたれていた。

事件は全面解決し、捜査本部が設置された所属は警視総監賞を受賞した。署長は総監室で胸を張って賞状を受け取り、小林の強い推挙でこの駐在も警視総監賞・賞誉一級を受賞した。警視総監賞・賞誉一級は警視庁職員がオリンピックに出場してメダルを取ったときの表彰基準と同じである。

さらにこの駐在は、その数年後、「都民の警察官」として、警視庁職員四万五千人の中の五人に選ばれ、表彰を受けた。

「陽子、最近なんだか暴力団ばかり追いかけてることに疲れてきたよ」

「そうね、同期のご主人もマル暴担当なんだけど、警察以外の人にはなかなかご主人の仕事の内容を言えないみたい」

「お前はどうなんだ」

「うーん。刑事としか言っていないけど……最近はテレビドラマや映画の影響なのか、みんなよく知ってるのよね、警察のこと」

「そうだろうな、漫画も多いしな……」

「『本庁?　所轄?』なんて聞いてくる大学の同級生もいるわ」

「あはは、本庁かあー。身内は使わない言葉だよな」

「階級もよく知ってるのよね。警部補って答えると、『ああキャップだ……』って」

「まあ、理解されていることを素直に喜ぶしかないのかな」

「それより、どうするの、マル暴全国指導官としては……」

「所轄の駐在なんてのもいいな」

「駐在?」

「いやか?」

「いえ……ただ……。駐在って、私も仕事するんでしょ、一緒に住んで」

「そうだな、お前を巻き込むなあ」

「駐在の奥さんの手当ってめっちゃ安いって言ってたわよ。ほら、同期の祐子が……」

「ああ、あの旦那も駐在だったな」

駐在の家族は、駐在本人が駐在所にいない場合に妻が代わって応対しなければならない。それも月額三千円という、雀の涙にも及ばない報酬なのだ。

この実に割に合わない仕事を進んでしようとする警察官は年々減少している。

「うーん。まあ家で仕事ができるっていうのも善し悪しかもしれないし、勤務する場所にもよるんじゃないかしら……小笠原の島じゃ困っちゃうし……」

「あそこは単身赴任だよ」

「あらそうなの。でも、やっぱり不便な所が多いわよね。毎日、パトカーが巡視に来るし、その度にお茶出しするんでしょ？」

「今は、そんな必要はないよ。ただ、お前を目当てにくる警察官は多いだろうな」

「そりゃあ、ま、仕方ないわよね」

「はいはい」

「でも、本気なの？」

「ちょっとその気になってるのは事実だな」

「私、あなたについていくって決めてるんだから」

「しかし、お義父さんは驚くだろうな。警察学校長だもんな」

「関係ないわよ。息子は跡を継がなかったんだから」

陽子の弟二人は、父親の職業を決して嫌った訳ではなかったが、公私の区別なく、休みもない父親の姿を子供の頃から見ていただけに、大学入学当時から民間企業に進むことを決めて、実際、銀行マンと商社マンになっていた。

「それもそうだな」

「学校長って言ったって、教育者でもないし、職業訓練所の所長みたいなものでしょ。案外、あなたの気持ちを喜んじゃったりして……」

「何を喜ぶんだ?」

「だって、指導官が自ら現場で仕事をするんでしょ。何か期待できそうじゃない。新しい風……」

「新しい風、か」

「いつまでに決めるの?」

「昨日、事務連絡の回覧が来ていたから、一ヵ月くらいかな」

「太田理事官に相談してみれば?」

「今は、署長だよ。次の課長かも知れない」

「偉くなったんだ。あの酔っぱらいさん」

「お前は付き合いが長いからなあ」

「うん。『陽子ちゃんのおむつを替えたこともある』が口癖、セクハラもいいところなんだけど……仕方ないわよね。写真まであるんだから」

　その年の勤務評価が迫った、十月のある日、小林は担当係長に定期異動の申し入れをした。

　警察官を拝命して以来、そのほとんどすべてを暴力団との闘いに費やしてきた。世の中には奴らを「必要悪」という者も多いが、奴らは決して世の中にとって「必要」な存在ではない。イタチごっことはわかっていながら、彼は暴力団の壊滅に心血を注いできたのだった。

　担当係長だけでなく、管理官、理事官、課長という彼の全ての上司にとって思いがけない申し出だった。

「何の不満があるんだ。君の評価は組織として最大限のもので、今年の警部への選抜候補として部長の決裁もおりているんだ」

　担当管理官が必死の説得に入った。これは課長だけでなく、組対部長からの指示であろうことは、小林にも容易に想像がついた。

　小林をこのまま所轄に出してしまうことは警視庁にとっても損失であるばかりでなく、全国指導官としての地位は警察庁の確認事項であったからだ。

小林は警察庁、警視庁双方にとって能力伝承担当という、刑事局のみならず、全国の刑事、組織対策のスーパースターだったからである。

この件は警視総監にまで報告が上がった。

組織としては小林の意に沿った人事異動を「はいそうですか」と、できるものではなかったし、これからも小林の能力を何とか組織の役に立てたいと考えていた。これに対して小林が裁判所に地位保全の不服申し立てをするとは考えられなかったのだが……。

警察庁刑事局組織犯罪対策部暴力団対策課長は警視庁担当理事官を呼んで、この警視庁における人事問題に口を挟んだ。

「警察庁としては、警視庁が小林警部補にいかなる人事異動を申しつけても関与はしない。しかし、全国指導官として任命をしたのは警察庁であるから、今後も全国の暴力団対策指導員としての地位は確保すること」

現場にとっては厳しい申し入れだった。

第三章　駐在刑事

異動

翌年三月の人事異動で小林は山手西警察署勤務を命ぜられた。警部以上の人事異動に関しては「○○警察署○○課長代理」と、職名まで指定される異動であるが、警部補以下は「○○警察署」と勤務地のみの異動であり、これをいかに運用するかは署長の裁量にかかっている。しかし、この中で駐在だけは、地域部長の指定職となり、署長の意思で変更することはできない。

小林は「山手西警察署学園前駐在所勤務兼組織対策全国指導官」という指定書がついた異動だった。

これは警視庁地域部長と組織犯罪対策部長の合意があっての異動だったが、地域部長はノンキャリ、他方はキャリアという力関係もあり、キャリア部長は警察庁の指示を無視することはできない立場だった。

警察署は、警務課、刑事課、警備課、交通課、生活安全課、組織犯罪対策課、地域課で構

成される。その中で、交番のお巡りさんが所属するのが地域課であり、その仕事内容は、地域警察運営規則第二条で「すべての警察事象に即応する活動を行い……市民に対する積極的な奉仕を行い……市民との良好な関係を保持するとともに、管内の実態を的確に掌握するよう努めなければならない」とされている。

そして、駐在所の勤務員は「住民と同一地域に居住し、地域住民との良好な関係を確保しながら……地域実態に即した……」と、定められている。

しかし、この特例が小林なのだ。

二つの顔を持つ小林は、警視庁内でもその名を知られていた。

「駐在刑事」これが小林健の代名詞である。


駐在への異動には当然ながら引っ越しが伴う。

すでにその前に地域の町会長や交通安全協会、防犯協会の幹部との顔合わせは終わっていたが、家族共々の居住になるだけに、はじめは近所への挨拶なども必要になった。

最近では、官舎に転入しても隣近所への挨拶をしないのが、警察社会でも普通になってきている。ここにも組織の絆の希薄化と警察独自の階級制度の問題がある。夫が幹部になると自分まで偉くなったと勘違いする妻がいるが、これが余計たちが悪い。これは警察だけの話ではなく、会社の役員から国会議員にまで散見されるものなのだが。

官舎は新婚用と家族用があり、家族用も四人から六人用まであるが、通常、警視クラスになるとマイホームを持つのが当たり前だった。しかも、かつては組織が持ち家を推奨していたため、遠くは茨城や栃木、神奈川の大磯あたりまでが通勤圏になっていた。しかし、近年、緊急の招集に応じることができないという理由から「山手線の駅から一時間以内」が通勤条件となったことで、官舎入居が増えているのが実情だった。

この影響で、一つの官舎内にできる自治会には夫の階級制度が持ち込まれてしまうことが多くなった。

その点、駐在はその煩わしさはなかったが、官舎住まいにはない〝ご近所付き合い〟があった。小林と家族が入居した駐在所は新築の３ＬＤＫで、組織も気を遣ってくれたものと思っていた。しかし、そこは都内でも指折りの高級住宅街の中にあり、政財官、芸能、スポーツ等の著名人に加え、有力暴力団関係者やそのフロント企業のトップも多く居住していた。

それでも陽子はこの煩わしさを気にとめることもなく、巧くこなしていた。むしろ、普段見ることができない世界を楽しんでいるような雰囲気さえあった。小林は駐在業務だけでなく、もう一つの顔を持つため、小林以上に妻の陽子が地域住民との人間関係を構築してくれていた。

「ごきげんよう」

「はい、ごきげんよう」

「ご苦労様です」

「おかあさんこそ、毎日、ご苦労様です」

「おはようございま～す」

「はい、おはよう」

小林が駐在として、この短い挨拶を交わす毎朝の日課を始めて一年になる。雨の日も風の日も学校がある日は毎日、お互いに声を掛け合っている。

駐在所近くの交差点の先には、総理大臣も輩出した都内でも屈指の小学校から大学まで揃った名門私学と、区立の小学校が隣り合わせて建っている。区立と言ってもここは都内というより全国的に有名な高級住宅地が学区内にあり、よその区や市から越境入学してくる児童も多い。ここもまた伝統ある名門の公立学校なのだ。

区立小学校は保護者が、私立学校は教員が交代で毎朝通学時に横断歩道の片側に立って児童の交差点横断を助けている。同じ場所に警察官が一緒に立っているのも変な話なのだが、これを始めたのは小林が最初で、半年前から小林の補助という形で保護者や教職員が加わり、今日の形に至っているのだった。

毎年、四月になると新一年生が黄色のビニールカバーを着けた身体の四分の一ほどのランドセルを担いで登校してくる。私立の児童はたいていが母親と一緒に手をつないでくる。中には出勤途中の父親と一緒の子供もいる。

この交差点は、直近の私鉄の駅から子供の足で十分。大人が早足で歩けば五分あれば到着できる距離なのだ。駅前にはバス専用のロータリーもあって、交通の便は極めて良好である。おまけに送迎の母親方が近所の道路に違法駐車して、コーヒー一杯千円近くする、地元の奥様方もよく通う喫茶店で長時間の談笑をするとなると、地域と私立学校との摩擦は大きくなるし、その苦情を受けるのは管轄を受け持つ駐在の役目になるのだ。その点、区立の児童は、越境組を除けば兄弟や友達との集団登校だ。

この送迎は、交通渋滞の原因となり、事故も増えたため、警察として学校に申し入れて公共交通機関の利用に替えてもらった。これは小林の発案だった。

この名門私学は小学校から大学まで同じ敷地内にある。小林が着任時に中学生だった子供たちの中にはもう高校生になっている子もいる。化粧をしていたり茶色の髪やピアスを付けた耳たぶ、短いスカートや前をはだけたワイシャツ姿になってはいても、不思議と目が合うと、未だに女の子は「ごきげんよう」、男の子は「お〜す」と挨拶をしてくれる。

この子たちを他の場所で見て、ここの学校の生徒と知らなければ、不良集団と思われても仕方ない格好をした子もいるのだが、子供を外見だけで判断してはいけないのだ。

痴漢

午後三時頃、私学の女子高校生が駐在所にやってきた。

「おまわりさん、ごきげんよう」

「はい、ごきげんよう。大きくなったなあ。何年生になった？」

「まだ一年生だよ」

この子は中学校の三年生の頃から顔は知っていた。愛嬌のある利発そうな子だった。名前は覚えていないが、彼女の友達と連名でバレンタインデーのチョコレートを貰ったことがある。

「どうしたんだい、今日は。バレンタインデーでもないし」

「あはは、来年も持ってくるね」

「いやいや、催促してるわけじゃないから。ところで、どうしたの？」

「実はね、私の友達が、毎朝、電車で痴漢にあってるの」

私鉄の学園駅の乗降客は一日約八万人。急行も停まる駅である。駅前にも交番があって、毎朝のように痴漢被害やその現行犯逮捕があるのは無線を聞いてわかっていた。痴漢にもいろいろなタイプがあって、程度でいえば迷惑防止条例に該当する者から、ひどい場合は強制わいせつ罪や強姦罪を適用しなければならない場合もある。また、電車の中だけでなく、駅の階段やトイレでの盗撮から、つきまといまで、その態様は様々だ。

「毎朝？　毎朝、痴漢にあってるって、どうして？」

「いつも同じ奴らしいんだ。電車の時間を変えても、乗る場所を変えても付いてくるんだって。キモイよね」

　確かに、そんな話を聞いたことがある。決して内気でないタイプの女性でも、羞恥心から声を出せないことは多く、これに付け込む痴漢がいるという話だ。また、最近では痴漢の無罪事件や冤罪問題も多く報道されるようになり、被害女性が泣き寝入りする傾向があるとも伝えられていた。

「わかった、そしたらその友達を、警察署の迷惑相談室に連れていってあげよう」

「ええっ、おまわりさんじゃダメなの？」

「いや、僕でもいいんだけどね、ただ、痴漢は現行犯逮捕しなければ意味がないから、その時は、専門の刑事さんに捕まえてもらった方がいいでしょ」

　少女は、ちょっとがっかりしたような素振りを見せて、

「この前、警察署に忘れ物取りに行った時、そこの人がチョー感じ悪くて、人を上から下までジロジロ見ながら、『足が綺麗なのはわかるけど、スカートの丈はもう少し長くした方がいいよ』なんて、エロウザ、ゲロゲロなのよ」

「何だ、そのエロウザ、ゲロゲロって」

「いやらしそうで、言うことがウザくて、気持ち悪くなってしまいそう、ってこと」

最近の若者言葉に時々ついていけなくなっている自分が悲しいと小林は思った。

「まあ、みんながみんな、そういう人じゃないんだけど、仕方ないな、いつでもいいから早めに連れておいで、その友達」

「ありがとう、おまわりさんって、結構、人気あるんだよ、イケメンだし」

そう言われて悪い気はしない。後で陽子に今の言葉を伝えてあげようと思った。

「それは嬉しいね。とにかく早い方がいいからね」

「わかった、今から学校戻って連れてくる」

自分の役割が終わってホッとしたのか、彼女は手を振りながら元気に見張り所を飛び出して行った。

二十分ほどして、彼女が友達を連れてやってきた。その友達は一瞬、芸能人じゃないかと思うくらい輝いて見えた。透き通るような白さで整った顔立ち、スタイルもモデル並みで、小林はドギマギしてしまった。これを見透かすように、連れてきた子が、

「あんまり綺麗なんでビックリしたでしょう?」

とちょっと偉そうに言ったが、そのとおりだから仕方ない。

「……だね」

「実はさ、彼女が痴漢されてるの」

「二人とも、中に入って」

見張り所のデスクの脇にパイプ椅子を二つ出し、気を落ち着かせるために滅多に来訪者には出さない果汁一〇〇パーセントのオレンジジュースを出してやった。すると、

「すんごい差別、おまわりさんもただの男だねぇ」

半ば睨《にら》みながらも笑って言った。連れてきた子の顔がちょっと可愛く見えた。

「何を言ってるんだい。君にもホワイトデーのお返しちゃんとしただろ、他の人より多めにね」

「ああ、あのイチゴジャムね、美味しかった。おまわりさんの手作りだったもんね」

「そうそう。今日はね、お友達から話を聞くんだけど、被害者供述調書という書類を作るんだ。その時にちょっとはずかしい質問もしなければならないからね、ジュースを出したんだよ」

二人の目を交互に見ながら伝えると、彼女たちは顔を見合わせながら頷いて小林を見た。

「よろしくお願いします」

二人はほとんど同時に、頭をペコリと下げて言った。

「では、二人とも、ここに自分の名前、生年月日、住所を書いて下さい」

A４判の白紙をそれぞれに渡すと、最初に来た子が「高橋由紀子」、その友達が「内田麻紀」であることがわかった。

被害者の内田麻紀の住まいは、神奈川県川崎市の高級住宅地、私鉄の乗り換え駅で痴漢男

が乗り込んで来るのだという。乗り換え時間は午前七時二十五分から三十五分の間の二本の急行電車。被害に遭い始めたのは今年の四月後半で、すでに二ヵ月近く経つ。最初は身体をピッタリくっつけてくる形態だったが、次第にお尻やふとももを触ったりするようになって、時々胸に手を出すようになってきた。昨日はスカートをめくる行動に出始めたので怖くなって友人の高橋由紀子に相談したのだという。

「思い出したくはないと思うんだけど、痴漢男の顔とか体形、服装は覚えてる?」

「はっきりわかります。身長は百七十センチくらいで、中肉っていうのか、いつもスーツを着ていて、サラリーマン風の感じ」

彼女の記憶は鮮明で、乗った電車のドアの場所から、痴漢が右手で触ったとか、いつも同じ鞄を持っていて、右手首に銀色のブレスレットを付けて、手の甲にはほくろが二つあるという供述をしたので、これを詳細に調書に取った。

「顔の特徴って、表現できる?」

「できると思います」

「じゃあ、僕がこれから、麻紀ちゃんが言うとおりに似顔絵を描くから協力してくれる?」

「えっ、おまわりさんが似顔絵を描くんですか」

「そう。僕は警視庁の似顔絵捜査官でもあるんだよ」

警視庁では平成十二年頃から、似顔絵捜査官を養成し始めた。これまでの犯人捜査によく利用されたモンタージュ写真はこの機械を操作できる者が少ない上、被害者が記憶する特徴をなかなかうまく表現できない面があった。現在ではコンピューターグラフィックス技術が進歩したため、かなり犯人に近い形を表現できるようになったが、その下敷きになる似顔絵から犯人検挙に至った事件も多い。捜査官の技量にもよるのだが、鉛筆書きから水彩ペンを使って色彩の濃淡まで表現すると、実物に近い雰囲気が出てくるのだ。

小林は、子供の頃から身近な植物を水彩画で描くのが好きだったし、小学三年頃から漫画を描いたり、担任の先生の似顔絵なども時々描いていた。高校時代には懸賞漫画に応募したこともあった。似顔絵捜査官になるには、一般審査の後、専門の学校に通い、技術を高めた後、刑事部鑑識課の試験に合格してはじめて「捜査官」として任命される。初年度は警視庁で十名が任命され、小林もその一人だった。

「じゃあ、私の似顔絵描いて」

すかさず、高橋由紀子が言った。

「その痴漢を捕まえることができたら描いてあげるよ」

小林はそう答え、内田麻紀の顔を見た。

「さて、じゃあ、特徴から教えてもらおうかな」

デスクの引き出しからデッサン用具を取り出す。

「まず顔の輪郭からはじめよう」

彼女の記憶は細かく、眉、目の形、目じりの皺、ほくろの位置、ひげの濃淡、脂ぎった顔などを説明した。

毎日、怒りを込めて相手の顔を見ていたのだろう。描き進むデッサンを見ながら「そうそう、こんな感じ、似てる、すごく似てる」と声に出していた。水彩ペンと筆、水を用意して着色をしていくと、写真のような感じになって、特徴がさらに鮮明になってくる。

「おまわりさん、すごい、尊敬しちゃう」

三十分ほどかかって似顔絵を描き終え、ふっと内田麻紀と目が合ったとき、またしてもドキリとする程の妖艶さに慌てたが、気を取り直す。

「こんな感じなのかな」

描いている途中の内田麻紀の反応に手ごたえはあったのだが、一応尋ねてみる。

「誰が見てもあの痴漢だとわかると思う」

「よしわかった。そうしたら、これから僕は警察署の担当者のところに行って、すぐにこの男を痴漢の容疑者として手配するからね。後で刑事さんから麻紀ちゃんに連絡が行くと思うから、できるだけ女性警察官に担当してもらうようにするね。今日のことはご両親にもちゃんと話しておきなさい。わかった？」

「はい、わかりました。ありがとうございました」

高橋由紀子も嬉しそうな顔をして、また二人揃って「ごきげんよう」と駐在所を出て行った。

すぐに本署の生活安全課に電話を入れると、仲のいい係長が出たので事情を話し、すぐにバイクに乗って本署に向かった。

かつて、生活安全課はどこの警察署でも日陰部署的存在だったが、近年、少年事件やストーカー対策、ハイテク犯罪対策関連事件の多発をうけて、花形的な存在になってきた。このため、捜査員も優秀な者が増えてきているのだが、依然として、警部以上の幹部はパッとしない。もう十年くらい、若手が育ってくるまでは辛抱しなければならないのだろう。

ご多分にもれず、山手西警察署の生安の課長も課長代理も警部以上の幹部の中では「人工衛星」と呼ばれるダメ幹部だ。通常、警部に昇任するには警部補時代に本部勤務をしていなければならない。警視庁警察官で在職中に本部勤務を経験できる割合は全体の一〇パーセント足らずだろう。その中で警部、警視、警視正と昇任するごとに本部に戻っていくのが理想なのであるが、どんな企業や組織も、上に上がれば上がるほどポストは少なくなる。警視庁も同様で、なんとか警部まで昇任しても、一度も警視庁本部に戻ることができずに任期満了の五年毎に警察署を転々と異動していく者も多いのだ。こういう、本部に戻らずその周囲の警察署を回っている上級幹部（警部以上の幹部）を下々の者は「人工衛星」と揶揄《やゆ》して呼んでいる。

本署に上がり（警察内では、本署に戻ることを「上がる」と表現する）生安課に行くと、

デスクで課長は居眠り、課長代理は押収したエロ雑誌を読んでいたが、代理は小林の顔を見るや、

「小林係長、相変わらずバリバリやってるなあ」

照れ隠しの素振りで机の脇に置いてある押収品が入った段ボール箱にエロ雑誌を戻しながら声を掛けてきた。

警察署の地域課で幹部に名前を覚えられるのは、若手でバリバリ仕事をやっている者か、柔剣道などの特別訓練をやっている者か、もしくは、○○県人会仲間といった同郷のよしみによる場合に限られる（最近でこそ、東京出身の警察官が増えてきたが、現在でも半数は地方出身者で、そのうち三〇パーセント近くを九州出身者が占める伝統が続いている）。この署のように署員が四百人近いとなおさらだ。

「受け身の飛び込み仕事です」

「いやいや、職質（職務質問）検挙も常に上位にいるじゃないか」

小林は新米巡査の頃から「職質ができない警察官はネズミを捕らないネコと同じ」と教えられてきていた。職務質問と巡回連絡（警察官が受け持ちの家屋を回って、防犯指導を行ったり各種相談事を聞いて管内の治安維持にあたる職務）が地域警察官の二大武器なのだ。

巡連（巡回連絡）で、「あそこの家にへんな奴が出入りしている」とか「虐待じゃないか」という情報を得て、泥棒、不法滞在、指名手配犯人等を検挙することも多い。江戸時代

の岡っ引きはすべてこの二つの手法で様々な情報を得て「旦那ァ！　てえへんだ、てえへんだ、今度、どこどこの御金蔵が狙われるらしいですぜ！」とご注進して犯人検挙に貢献していた。

特に職務質問は地域警察官の伝家の宝刀だ。

「中堅どころが仕事を見せてやらないと、若手が育ちませんからね」

「いい手本を示してやってくれよ。俺は、秋には六一八（警備符号で定年の意味）だからな、フェイドアウトだよ、ははは」

こういう幹部は歳以上に老けて見える。高い給料取っておいて、何が「フェイドアウト」だ。そもそも最初からフェイドアウトだったじゃないか、と思うが、部下は上司を選べないし、こんな年寄りを相手にしても仕方がない。

「ありがとうございます。代理もお元気で」

いつまでも相手をしている暇はないので、適当に打ち切って防犯係の席に行くと、四十代半ばの係長が待っていて、小林を見つけるなり、

「小林係長、ホシが割れそうなんだって？」

犯人検挙の期待を込めた声を掛けてきた。

「いえいえ、似顔絵を描いただけですが、つきまといの癖もあるようですので、邀撃《ようげき》を掛ければいけるんじゃないかと思って、一応、調書を取ってきました」

「係長の調書は全国警察の手本だからね」

邀撃捜査というのは、情報などから、犯人が現れる可能性が高いところに予め捜査員を配置しておいて捕まえる手法で、私服警察官が使う検挙手法である。

調書と似顔絵を渡し、係長の反応を見ていると、

「ほう、『すぐわかるくらい、かなり似ている』かあ、似顔絵も上手いね、相変わらず」

かなり乗り気になって、奥の席に座って仕事をしていた女性警察官に声を掛けた。

「お〜い、悦ちゃん、ちょっと来てくれ」

呼ばれて「はい」とやって来たのは、昨年、交通課から生活安全課に異動になった、二十代半ばの巡査長で、女性警察官にしてはなかなか可愛い子だった。

「あっ、小林係長、こんにちは」

二十代半ばの生活安全課防犯係の巡査長「悦ちゃん」は、小林を見ると笑顔で挨拶をして、担当係長の脇に立った。

「小林係長、こっちに座って。悦ちゃん、コーヒーたのむ」

担当係長はデスクの隣の応接セットを示した。間もなくコーヒーメーカーからプラスチックのカップにコーヒーを入れて応接セットに戻ってきた悦ちゃんは、自分用の備忘録を広げながら小林の横に座った。

「係長が取った調書と似顔絵、ちょっと見てみい」

調書に目を通しながら彼女は、「痴漢は絶対に許せませんよね」「ホシ捕れそうな感じですね」「似顔絵上手いなあ」などと言って、最後に、「係長、私にやらせて下さい」と言った。

「よし、すぐにマル害と接触して相互に確認してこい。明日、捕るぞ」

担当係長のこの一言に、悦ちゃんは顔中に喜びの表情を浮かべた。調書を読みながらメモを取っていた備忘録を手に、颯爽と立ち上がる。

「小林係長、絶対に捕まえてみせますからね」

元気に言って、自分のデスクに戻っていった。

「じゃあ、係長、よろしくお願いします」

小林もつられて笑みを浮かべながら、担当係長に言った。

「パクったら、小林係長にも連絡するから、その時はすぐに来て下さいね」

「了解。僕も思い切り気合入れてやりたいんですよ」

「ほ〜う。そのガイシャ、そんなに可愛いの」

すっかり見透かされた感じだったが、見ればすぐわかることなので、「芸能人のアイドルみたいですよ」と答えた。

「じゃあ、俺も一緒に行くか……」

担当係長は半ば本気になって笑いながら言ったが、こういう捜査の場合は最低でも三、四人の態勢で臨むことは当然だった。

翌朝八時ちょうどに本署のリモコンから連絡が入った。「防犯係に有線をするように」との一報だった。八時までは、小林が日課の学童整理にあたっていることを、本署の宿直員はみな知っている。

駐在所に戻って防犯係に電話を入れると、担当係長がすぐに出た。

「係長、パクったよ。似顔絵でバッチリわかった。今、署長も来て、似顔絵を見てビックリしてたよ。可愛い彼女も来てるから、早く顔を出して」

こんなに上手くいくとは思わなかったが、常習犯であるだけに早く捕まえたかった。

本署に上がると、副署長に呼び止められた。

「いやあ～、たいしたもんだね、小林係長。お手柄だよ」

「ありがとうございます。ちょっと気合でも入れてやろうと思って上がってきました」

「おお、とんでもない野郎だ、署長も珍しく取り調べ室に入って、被疑者に直接、気合を入れてたよ。あんな可愛い子に、ふざけた野郎だ」

なんだ、みんな被害者が可愛いから、余計に怒ってるんだな……小林はそう思いながら生安課の部屋に入った。防犯係の脇にある取り調べ室に内田麻紀が座って、悦ちゃんから今日の被害の状況を聞かれていた。内田麻紀は小林の顔を見るなり、立ち上がって、

「おまわりさん、ありがとうございました」

と深く頭を下げた。悦ちゃんも振り返って言った。

「小林係長、乗り換え駅ですぐにホシがわかりましたよ。私が真横で犯行を現認して、現行犯逮捕しました」

彼女にとって初めての現行犯逮捕で、未だ興奮が冷めやらぬらしい。

ホシは国立大学出の一流商社マンで既婚者だった。この秋には支店長への昇任が内定していたという。逮捕の瞬間、満員の電車の中で暴れようとしたが、捕まえられたのが女性警察官と知るや泣き出したという。さらに、電車を降りたとたん、悦ちゃんの手を振りほどいて逃走を図ったが、出口で見張っていた捜査員に取り押さえられたのだった。普段なら私服警察官が逮捕した場合は覆面パトカーに乗せて警察署まで引致《いんち》するのだが、駅前交番から白黒のパトカーに乗せて来たらしい。痴漢男にはこれくらいの「市中引き回し」が必要だ。

こんな男に限って「弁護士が来るまで何も話さない」というくせに「会社や家族には内密に」と主張することが多い。担当係長は署長の了解をとったうえで会社の役員室にすぐに連絡した。また、副署長はマスコミへの広報も積極的に行う方針をとった。

その日の午後、今度は内田麻紀が高橋由紀子を連れて駐在所にやってきた。

「ごきげんよう。今日は本当にありがとうございました」

「ああ、ごきげんよう。よかったね、早く捕まって」

「おまわりさんって、すごいんですね」

「いつも警察は一所懸命やってるんだよ。今回は、麻紀ちゃんの記憶がよかったから早い対応ができたんだけどね」

「違うの、おまわりさんのこと」

「えっ、僕のこと？」

内田麻紀と急に親しく話す小林を制するように、高橋由紀子が会話に割って入ってきて、

「ねえ、痴漢って逮捕されると刑務所にいくの？」

話がコロリと変わったが、確かに興味があることだろう。

「そうだね、犯人は『今日たまたま乗り合わせただけだ』と常習性を否定しているから、これからも麻紀ちゃんの協力を得ることになると思うけど、二十日間は警察署に泊まることになって、悪性が立証されれば刑務所の可能性もあるね」

「あんな奴、刑務所に入れなきゃダメだよ」

高橋由紀子はむきになって言った。正義感の強い子なんだろうと思っていると、

「でもさ、おまわりさん、何で麻紀のこと『麻紀ちゃん』って呼ぶの？」

またしても突然、話題を変えてきた。

「ええっ、『内田麻紀さん』って呼んだ方がいいの？」

「そうじゃないけど、じゃあ、私のことはなんて呼ぶ？」

「えっと、由紀子ちゃんじゃだめなの？　それとも由紀ちゃん？」

「覚えてくれてるんだったらいいや」

高橋由紀子はちょっと寂しい気がしていたのかも知れない。少し機嫌を直したように言った。

「おまわりさん、小林健っていうんでしょ？」

「そう、よく知ってるね」

「教頭先生に聞いたんだよ」

「ふーん」

高橋由紀子は悪戯《いたずら》っぽく上目遣いに小林を見ながら言った。

「今度から『小林さん』って呼ぼうかな。『健さん』じゃ変だしね」

「おまわりさんでいいよ」

「だめだめ、それじゃ他の人と一緒になっちゃう」

案外甘えん坊なんだろう。ふと、内田麻紀を見るとじっと小林を見ていた。目が合うとちょっと恥ずかしそうな顔をして下を向いた。その姿も実に美しい。

「でも、今度から痴漢に遭ったら、今日みたいに防犯ベルを鳴らすんだよ。そうしたら周りの人が気づくから。由紀子ちゃんの分も貰ってきてあげたからね」

高橋由紀子に防犯運動中に配布した防犯ベルを渡すと、彼女はご機嫌だった。

「でもさ、君たちもその短すぎるスカートなんとかならないの？　中には、見せなくてもいいようなぶっとい太もも出してる子もいるけど、君たち二人みたいに綺麗な足をしていると、逆に痴漢を挑発してるみたいに見えるじゃないか」

思わず、男の本音を吐くと、由紀子が食ってかかってきた。

「ええ？　おまわりさん、そんな目で女子高校生を見てるの？」

小林さん、と呼ぶことは即刻却下になったらしい。

「痴漢する奴の言い分は、『万引きされるコンビニの方が悪い』と言って、店の責任にする泥棒と発想が変わらないってことだよ。厳しい言い方だけど、もう少し、自己予防も必要なんじゃないの？」

ちょっと言いすぎかとも思ったが、自己責任も教えてあげなければならない。

「ひっどい。コンビニと一緒にするなんて、信じられない」

「でもさ、君たちの学校、私服ＯＫなんでしょ？　そんなどこかの女子高の制服みたいな格好をわざわざしなくてもいいじゃない」

「『女子高生です』ってアピールすることも大事なの。渋谷や原宿歩くと、スカウトされちゃうんだから。私たち」

「なんだ、芸能界ねらってるの？」

「そうじゃないけど、今しかできない格好を楽しんでるの」

まあ、そんなところなんだろう。これ以上いじるのは可哀想になってくる。「気をつけるんだよ」と言って二人を帰そうとすると、

「今度、私たちの似顔絵も描いてね」

二人は元気に駐在所を出て行った。

その夜、内田麻紀の両親が揃って挨拶に来てくれた。

それからほぼ毎日のように、二人は登下校時、駐在所に顔を出した。時々花を持ってきて飾ってくれた。日頃、デカ業、それもヤクザ者相手ばかりやっていると、こんな清純な少女との接点はなかなかない。心が安らぐような感覚になっているのを小林はしみじみと感じていた。


「最近、女子高校生がよく遊びに来るようになったわね」

陽子が悪戯っぽく言った。

「交番や駐在に遊びにくる子は健全なんだよ」

「交番に行けばもっと若いお巡りさんがたくさんいるのに」

珍しく妙に絡んでくる。

「彼女は痴漢の被害者だったからな。アフターケアも大事なんだよ」

「そうだったんだ。警察もそういう時代になってきたのね」

納得したのか、陽子は奥に入って行った。

捕まった痴漢男は被告人となり、第一回公判まで「偶然を主張」したが、捜査員は犯人の住居から乗り換え駅までの間にあるすべての防犯カメラや、駅構内の監視カメラ映像、定期券の改札口通過の状況などを徹底的に検証して、物的な証拠を集積するとともに、彼女が乗る車両に被告人が乗る必要があったのかどうかなどの矛盾点を厳しく追及した。特にホーム上で内田麻紀の後を追う数日間分の証拠映像を電鉄会社から任意で提出してもらい彼女の証言を裏付けた。第一審は警察、検察の主張を全面的に認め、懲役の実刑を下した。被告人はこれを不服として控訴したが、もはや負け犬の遠吠えでしかなかった。

当然ながら、被告人が勤める一流商社は第一審判決が下った段階で、犯行日に遡って被告人を懲戒解雇した。弁護人もこの判決を受けて辞任した。

被害者の保護のためにも、また、新たな被害者を出さないためにも、小林はわいせつ犯の情報公開は必要なことだと思った。

「私、まだ、痴漢に遭ったことがないんです」

悦ちゃんが威張っているのか悔しがっているのかわからない口調で、課内でそう言っていたそうだが、周囲の者は「うんうん」と頷くだけだったという。

それをふと思い出して、夕食の準備をしていた陽子に小林が聞いた。

「陽子、痴漢に遭ったことある？」

「高校時代から散々やられたわ」

答える態度がやけに偉そうだった。

第四章　未解決事件

殺人事件

「小林さん、息子が、息子夫婦が殺されてる」

駐在所から三百メートルも離れていない一戸建てに一人で住んでいる、仲のいいおばあちゃんが、見張り所に駆け込んでくるなり、慌てふためいて言った。

正月三日のことだった。

「殺されてる？」

さすがの小林も正月早々の、しかも駐在所直近の出来事に驚いた。おばあちゃんの顔はまだ青ざめていたが、目にいっぱいの涙をためて、声も震えていた。小林はまずおばあちゃんを落ち着かせることを考えた。椅子に座らせ、ぬるめのお茶を飲ませて尋ねた。

彼女の息子の家は通り一つ隔てた川沿いの公園脇にあった。

「おばあちゃん。息子さんって、あの紘一さんのこと？」

「そう。紘一が殺されている」

「どこで殺されているの、公園前の自宅かい？」

「そう。あの家で、邦子さんも殺されている」

「よしわかった。すぐに行ってみよう。おばあちゃんはちょっとここで待ってて」

小林は奥にいた陽子に事情を伝え、本署に一報して自転車で現場に向かった。当然ながら初動捜査の臨場セットを携行していた。

正月三日は警視庁警察官にとって、最もホッとする日でもある。大晦日、正月と年末年始警戒が実施され、二日は一般参賀がある。このため警視総監以下の警戒態勢がしかれ本部の各部長以下全員が出勤しているのだ。二日の一般参賀が終わってようやく警視庁警察官は新年らしい気分になるのが常だ。

その矢先、朝一番に飛び込んできたのがこのおばあちゃんだった。

佐藤紘一さんと邦子さん夫妻。町会の行事にも積極的に参加してくれるご夫妻で、小林もよく知っていた。小林にとっては修平と同じ保育園に通う一人娘のユリちゃんの安否が気がかりだった。佐藤邸まで直線距離は近いが、川を挟んでいるので五分を要した。

玄関先に自転車を停める。化学工業会社が宣伝する特殊素材でできた地上三階、地下一階の一戸建てだった。玄関脇の駐車場には紘一さん愛用のＢＭＷが駐車されている。国内航空会社の飛行機デザインも手がける有名なデザイナーらしく、洗練されたデザインの車だった。

玄関の呼び鈴を一応鳴らす。

「佐藤さん。入りますよ」

小林はおばあちゃんから預かった玄関の鍵を鍵穴にさした。この鍵も電子キーで、防犯診断の際に小林が薦めた一本一万円近くする鍵だった。

小林は、指紋を消さないように白手袋の上に薄い塩化ビニール手袋をはめ、帽子を脱いでシャワーキャップのような帽子を深くかぶり、靴の上から靴カバーとさらにビニール袋を装着して玄関内に入った。

この家には何度かお邪魔したことがあり、家の造りはよく知っていた。玄関ホールはほとんど段差がないバリアフリーになっており、入ってすぐの黒御影石のタタキ部分にうっすらと足跡が残されている。玄関マットに靴についた血を拭ったような痕跡がある。そこからリビングまで続くフローリングには血の足跡が多数残っている。二十畳ほどのリビングに入ると、そこに男性がうつ伏せに倒れていた。おびただしい出血がある。小林は近づき頸動脈にそっと手を当てるが脈を感じ取ることはできなかった。そっと頭を上げて顔を覗くと、それはこの家の主である紘一氏だった。すでに軽い死後硬直が始まっていた。死後八時間くらいだろうか。小林は紘一氏に向かって手を合わせ、さらに奥のダイニングに進んだ。そこには邦子さんが仰向けになって倒れていた。顔面も切られており、普通の人ならこの様子を見ただけで気を失うかも知れないほどの惨状だった。邦子さんの遺体にも手を合わせ、小林は娘のユリちゃんを捜した。一階のその他の部屋には姿はなかった。二階に上がる階段にも犯人のものと思われる血の足跡が残されている。小林は嫌な予感がした。二階の廊下にも血の足跡がある。夫妻のベッドルーム、紘一氏の書斎、邦子さんの仕事部屋には血痕はなかった。邦子さんは学習塾の講師だった。ユリちゃんの部屋を覗いた小林は、子供用のベッドの上で血まみれになっている子供の姿を確認した。

「ダメだったか……」

言葉にできない怒りが小林の中にこみ上げてきた。そっとその子供の顔を確認すると、それはユリちゃんに間違いなかった。

暴力団が対立抗争で命を落とした現場はこれまで何度も見てきた小林だったが、亡骸《なきがら》になったその姿を見てもそれを証拠品としか思わなかった。しかし、相棒の加藤の死以来、不慮の死や非業の死を遂げた遺体を見ると、小林は犯人検挙に対する異常なほどの思いが湧き上がってくるのだった。罪もない子供の他殺死体を目の当たりにして、小林には体の奥底から怒りがこみ上げてきた。

小林は予めおばあちゃんの了承をとっていたので、佐藤邸の電話を使って本署に電話を入れた。

「小林です。一家三人殺人事件です。宿直責任者に連絡願います。場所は先ほどの連絡のとおりです」

「係長。その家族は三人家族ですか？　その他に被害者はいませんか？」

「三人家族に間違いありません。一応ひととおり、家の中を検索しましたが、三人の他に被害者はいません。宿直責任者の了解をとって本部の総合当直と現場鑑識にも緊急連絡をして下さい。署長公舎にも近いので、速報した方がいいと思います。私は現場保存をしておきます」

　つい二週間前にも、管内で別の殺人事件が起きていた。交通事故や泥棒被害は警視庁内でも多い方だが、重大事件にはあまり縁がなかった山手西署で、一ヵ月間に二件の殺人事件が発生した。それも、署長が交代した途端だ。こういう時、「今度の署長が事件を持ってきた」とよく陰口を叩かれる。これがいい署長ならば「署長のためにやってやるか！」という気分になるのだが、ろくでもない署長だと「こりゃ、お宮になる」という雰囲気に変わってしまう。

　捜査員が手を抜くわけではなく、俗に「お宮入り」と呼ばれる迷宮入り事件の場合、往々にして事件発生時の署長の人格が大きく影響することがある。

　この日の宿直責任者は運良く刑事組対課長だった。

　彼はリモコン席からの速報を聞くと、すぐに立ち上がった。

「わかったすぐに行く」

小林から予め速報を受けていたこともあったが、日頃から訓練されているだけに動きも速かった。刑事組対課長は警視庁本部で捜査第二課、第四課を経験し、機動捜査隊歴もあった。

「おい、鑑識、初動捜査のミスをするなよ」

鑑識係員と捜査員を引き連れ車三台で現場に向かった。


「署長、『殺し』です。マル害三名で屋内です」

宿直からの連絡で、署長は「またか」と思った。捜査指揮能力がある署長ならば、

「わかった、宿直責任者は現場に行ったか？」

そう聞くものなのだが、そうでない場合は、

「なに、宿直責任者を呼べ！」

と思わず言ってしまう。宿直責任者にお伺いを立てないと、自分では何も判断できないからだ。今度の署長もまさにこのタイプだった。

「課長は現場に急行しました。署長も現場に行かれますか？」

「なに？　なんで俺が現場に行かなきゃいけないんだ？　課長が行ったんだろう。経過を報告しろ」

「お迎えはよろしいですか？」

「課長から報告を聞くから、帰ってきたら連絡をするように言え」

リモコン担当のデカ長はあきれた顔をして電話を切った。

警視庁の百二の警察署にそれぞれ設置されている通信指揮所のことを、どういう理由からかは知らないが「リモコン席」という。平日の日勤帯は地域課の幹部が、宿直時間帯は内勤と呼ばれる刑事、生活安全、公安の各係員がこれに当たっている。警視庁警察署の内勤の当番システムは六部制で、六日に一回当番勤務する体制である。毎回当番に当たるメンバーもほぼ決まっているため部門は違っていても和気藹々《あいあい》としている。

「しかし、今度の署長はどうしようもないな」

「ああ。お散歩署長という噂は前から聞いていたけど、ダメだな」

「何だ、その『お散歩』というのは」

「知らないのか？　あいつが所轄の部長の頃、当時の署長の家の犬を散歩させるのが仕事だったんだよ。その署長が偉くなって、転勤するたびに奴も昇任して、警部の時も犬の散歩をしていたらしい」

「ホントかよ。まあうちにもバカな警部は何人かいるけどさ」

「しかし、今回の殺しはすぐに本部も来るんじゃないか？　さっき刑事部総合当直に連絡したら、宿直責任者の名前を聞いていたからな」

「第一報が小林係長で助かったよ。これが一一〇番だったらおおごとだったぜ」

宿直交代後の朝一番に飛び込んできたこの重大事件に、デカ長は「今日は忙しくなるな」

という予感を覚えながら、リモコン席で指揮を執る準備をしていた。

「地域の課長代理にも伝えなきゃな」

「現場保存のＰＣも必要だろう。一台は現場に貼り付けになるだろうしな。特別捜査本部も設置になるだろうし、部制も変わるかな」

「一ヵ月は仕方ないな。心中事件じゃなさそうだからな」

特別捜査本部が設置されると、捜査本部員は最低一ヵ月間休みがなくなる。捜査本部には各セクションから人が投入されるため、地域課は四部制から三部制に、内勤は六部制から四部制に変わることが多いのだ。

そこへ本部の刑事部総合当直から電話が入った。

「現時点、捜査第一課、鑑識課、機動捜査隊へ連絡が完了し、捜一管理官が向かっていますが、特殊事件として刑事部長、刑事部参事官、捜一課長も臨場の予定です。所属長にこの旨連絡願いたい」

電話を切ったデカ長は臨場している刑事組対課長の携帯電話に連絡を入れた。

「課長、リモコンですが、今、本部総合当直からの連絡で、刑事部長以下の幹部が臨場する予定らしいです」

「ああ。今、現着したが、うちだけじゃ手に負えんだろう。一課に電話して、今日の担当管理官が誰か聞いてくれ。三日はハズレが多いんだよな」

「了解」

小林は駐在所に電話を入れ、おばあちゃんの様子を聞いて、佐藤一家の巡回連絡カードのコピーを本署に送るように陽子に依頼した。

巡回連絡は地域警察官にとって最も重要な仕事の一つだ。地域警察官一人一人が担当する地域を受持区といい、そこに誰が住んでいるかを把握することが日本の交番制度を支えている。大地震が発生した際、倒壊した家に誰が住んでいたか、事件事故が発生した際、当事者の緊急の連絡先は誰か、などを警察が把握しておくことによって、スムーズな処置を施すことができるのだ。捜査第一課の課員も被害者の家族構成や緊急時の連絡先などを調べに来るだろうから、その用意もしておかなければならない。

小林が玄関先に出ると、ちょうどそこに宿直責任者の刑事組対課長が到着した。

「小林係長、正月早々大変だったな。係長が第一発見者じゃないんだろう？」

「はい。第一発見者はここのご主人のお母さまで、今、駐在にいます。まだ発見して三十分も経っていません」

「ガイ者は三人か？」

「はい。一家全員です」

「ここは小林駐在の受持区だなあ。どういう家族構成だった？」

被害家族の元気な頃の顔を思い出しながら、小林は三人家族について答えた。

「入りと出はわかったかい？」

犯人の侵入場所と退出場所のことだ。

「はい、一階の裏口のシリンダー錠にバールでこじ開けたような痕が残っていますので、入りはたぶんそこからだろうと思います。出は玄関でしょう」

「堂々と正面から出て行ったんだな」

刑事組対課長と小林は鑑識係員、捜査員と共に家の周囲を一周してその場所を確認した。

鑑識係員が鑑識資材を資材車から降ろし、一人が外周のチェックを始めた。地域課ではPCが二台到着していて、二人の乗務員が黄色のテープを車のトランクから取り出し、現場保存の準備を始めた。野次馬の姿はまだなかった。

「さて、中に入るかな」

小林が合掌してから先導し、再び血の臭いがたちこめた室内に入った。

「こりゃひどいな。かなりの怨恨でもなきゃここまではやらんだろう」

課長が言った。鑑識係員も捜査員も立ち尽くしている。

ソファーの下まで流血があるが、時間が経っている様子で、その一部は黒く乾燥しかかっている。その先の床に紘一氏がソファーから奥のダイニングに向かおうとして背後から刺されたような感じでうつ伏せに倒れており、やはり大量の流血が薄青色の中国の高級な緞通《だんつう》の上に広がっていた。

「ここのご主人に間違いないです」

ダイニングキッチンに仰向けに倒れている女性が奥さんであることを伝え、二階に上がり子供部屋へ案内する。ここでも合掌をして中に入ると、少女がベッドの上で仰向けに倒れていた。顔からの流血がひどい。合掌して遺体に近づく。

「ここのお嬢さんに間違いないです」

正式な判断は監察員の見分を聞かなければわからない。

鑑識係員は現場の見取り図を作成し、写真撮影を始めた。これほど大掛かりな事件になると、詳細な鑑識活動は本部鑑識課の現場鑑識に任せる方が、後々の証拠物収集に際しても効率的であることを知っているからだ。

やがて機動捜査隊、鑑識課、捜査第一課の車両が続々と到着する。

特に機動捜査隊、通称「機捜」は派手にサイレンを鳴らしてやってくる。機捜にしてみれば、一刻も早く事案の概要を摑んで、独自の捜査を進めたいのだ。機捜は一応本部に所属するセクションであるが、実際には所轄と本部の中間に位置する「執行隊」と呼ばれる所属であり、警視庁本部の各部に執行隊が存在する。地域部では自動車警ら隊、警備部では機動隊、公安部では公安機動捜査隊などがこれに当たり、ここで実績をあげて本部勤務を目指す者が多いが、やはり準本部的な立場のため、本部からの引っ張りがなく、所轄に舞い戻る者も最近は多い。執行隊の隊員に最も求められるのは「緻密さ」なのであるが、これを直接指導できる幹部が隊内に少ないのも現実なのだ。優秀な者は直接、本部が引き抜くからだ。

機捜が到着するまでに鳴らしてきた、覆面パトカーの緊急走行のサイレン音で周辺住民も騒ぎ出す。機捜の動きは目立つのだ。

捜査第一課は管理官を筆頭にやってきた。警視庁組織の中で、管理官というポストは副署長になる一歩手前の警視であり、管理官の指揮能力は事件解決に大きく影響を及ぼす。捜査第一課の管理官だからといって、全員が優れものだとは限らない。この現場に来たのは、かねてから評判の悪い、下にはめっぽう横柄で、上には強烈なゴマすりを得意とする「ヒラメ警視」だった。「ヒラメ」には悪いが、目が上についているため、上しか見ていない連中をそう呼んでいる。

課長はこの警視の姿を認めるや、

「かあ～、あいつか。このヤマは大変だぞ」

そっと小林に伝えた。

管理官の名前は大山といった。大山は課長の姿を見つけると、

「おい、刑事課長、入りはわかってるんだろうな」

つい数ヵ月前までは所轄の刑事課長だったこの管理官は、本部勤務となった途端に上司風を吹かせた。

「一階の裏口のシリンダー錠にバールでこじ開けたような痕が残っていますので、たぶんそこからだろうと思います」

「『たぶん』じゃわからんだろう。その侵入用具は発見したのか？」

「それは未だ発見に至っておりません。しかし、当て痕は極めて新しいものです」

バールなどでドアや窓をこじ開ける際に、侵入用具を当ててついた傷を「当て痕」と呼ぶ。侵入用具の特定は侵入の手口に加え、過去の犯罪と比較するデータにもなるため、慎重を要する。特に侵入窃盗事件の場合には、侵入手口の様々な癖の分析から犯人を割り出すことも多い。

「早めに鑑識に言って割り出してくれ。仏さんは二人か」

「いえ、三人です。この家のご主人、奥さんと子供です。一階のリビングにご主人、ダイニングキッチンに奥さん、二階の部屋で子供がそれぞれ殺害されています」

「そうか。人定は間違いないんだな」

「はい、受け持ちの駐在が確認しております」

「よし、案内してくれ」

「何だ、お前は」

一階のリビング入り口で、制服姿の小林を一瞥した管理官は、蔑むような口調で言った。現場保存を担当する制服の地域警察官が立つポイントではなかったからだ。すかさず刑事組対課長が答えた。

「この地域を受け持つ小林駐在で、第一臨場とマル害の人定をいたしました」

「おお、そうか。ご苦労。もう帰っていいぞ」

「はい、失礼いたします」

小林は管理官に敬礼をしてその場を離れた。

駐在所に戻ると、小林はおばあちゃんを刑事課員に引き渡した。おばあちゃんは気丈だった。

「小林さん。ユリもだめだったかい？」

「残念ながら……」

「そうかい。敵《かたき》を討っておくれね」

「はい。必ず捕まえてみせますよ」

おばあちゃんは小林の手を強く握ると初めて涙をこぼした。

そばにいた陽子の目にも涙が浮かんでいた。

「ユリちゃんも……なの？」

「可哀想に」

小林の目に涙が浮かんだ。奥で修平がテレビマンガを観ながら笑っていた。

本署では署長以下幹部が全員招集されていた。

署長が犯行現場に臨場する前に、本部の刑事部長、刑事部参事官、捜査第一課長が現場を訪れてしまったのだった。この時にはマスコミも多数到着して、現場からの中継を開始していた。署長の失態だった。

午後五時から、署の五階講堂で行われた第一回の捜査会議には、捜査第一課長も臨席した。署長も捜一の管理官も借りてきた猫のようにおとなしい。捜一課長が訓授を終えて、会議が始まった。すでに、山手西署から「殺人事件の発生について」という刑事部長名による緊急電報が警視庁全署に向けて発信され、マスコミも本署に徐々に集まり始めた。

捜査員は緊急招集を受けた独身寮員全員と刑事課の当番員を除く半数、さらに地域課から十人、捜一から突発体制の出動順位第一、第二班の十二人、総勢四十五人の体制が急遽組まれた。このうち半数は二人一組になって発生場所周辺の聞き込みに充てられた。

この会議が終わった段階でマスコミに対する広報を行うため、広報案文の作成は刑事課長代理（警部）の仕事になる。刑事課長代理は捜査第二課出身で文章能力があることで署内では定評があった。それでも、刑事課長、捜一管理官、副署長、署長が何かとペンを入れたがった。文章の「て、に、を、は」を巡って署長と管理官がやりあう無意味な光景が捜査員の前で繰り広げられた。

捜一課長が退席し、これを見送った署長と捜一管理官は、講堂に戻ってくると、急に厳しい顔つきになって、勝手な指示をそれぞれが行った。どうやらこのゴマすりコンビは仲がよくないらしい。初日から捜査本部に「二人の船頭」ができたようなものだった。

捜査第一課の係長（警部）は若いがなかなかしっかりした人で、見当外れな管理官の指示を修正しながら、具体的な捜査要領や各捜査員の配置を考え、てきぱきと実行に移していく。署の刑事課長代理も署員と一課員の組み合わせを一課の係長と共同してやっていた。ここで認められれば課長代理に本部の係長への道が開ける可能性があるのだ。

犯行現場には証拠品や遺留品も残されており、捜査幹部の多くには、早い時期にホシがあがるのではないかという観測が当初からあったようだ。

小林は被害家族と親交がある唯一の警察官として、第一回捜査会議に出席した。

一家三人殺人事件の発生はその日のうちにマスコミに広報された。

一般的に所轄におけるマスコミ対応は副署長の仕事だが、今回は署長と管理官が競争でしゃべっていた。

翌朝、地域課は四部制から三部制へと勤務体制が変わり、地域第一係が全員、この捜査本部に捜査員として吸い上げられ、その他の係の、若い係長（警部補）と巡査部長も同様に捜査本部入りした。地域課にはロートルと新米だけが残った。

一ヵ月間に限られた運用であるが、捜査本部捜査員だけでなく、全署員が一ヵ月間休みを返上して勤務するという特捜本部恒例の措置だ。若い捜査員ならばそれでいいが、定年間近の地域警察官には酷な話だった。日常の事件事故は相変わらず発生するのだ。小林は捜査本部入りを免れ、通常の駐在所勤務に就いていた。

捜査は「現場百回」といい、事件発生現場に何度も足を運んで、何か見落としていないか、現場付近でどこかに目撃者や重要なカギを握る人物はいないかと、多くの捜査員が訪れる。そのうち、署員の多くは犯行現場に近い駐在所に立ち寄っていろんな話をして帰る。小林にとっては情報収集には事欠かない状況だった。

次第に、捜査が進展していないことが伝わってくる。署長と管理官が違う捜査方針を口にするというのだ。また、管理官は署員の意見やアイデアに対して全く耳を傾けようとしないという泣き言を小林は何度も耳にした。

「だいたい、管理官と言っても、あいつは職場で柔道着を着ているような奴で、頭の中も筋肉なんだよ」

捜査第一課出身の地域課員が言っていた。

事件発生から二週間が経った頃、小林が夜間警らをしていると、周囲から目立たない場所に捜査車両を停めて、中で居眠りをしている本部員の数が増えてきた。「『これから話を聞きに行く』という電話を受けて待っているのに誰も来ない」などという地域住民からの苦情も多くなってきた。

「明らかに初動捜査のミス」という声が捜査本部に投入された地域課員から漏れてくるようになった。重大事件発生時によくあることなのだが、大した捜査経験もないのに階級ばかり偉くなって、捜査もできるような気になってしまう幹部がいるのも事実だった。捜査幹部が勝手に犯人像を決めてしまっているのだ。

一方、署長はというと、警務課の職員に管内で有名な洋菓子屋のケーキを大量に買わせて、これを警視総監のところに届けさせているという。こういう話はすぐに広まって、士気の低下を促進させる。これに応えてしまう幹部がいるものだから仕方ないのだが……。

事件から一ヵ月が経って、地域課が元の四部制に戻った時、過労で数人が入院した。それでも署長が「週休実施の自粛」を口にした時、さすがに地域課長が怒って、これを撤回させたらしい。

小林は地域課の中で唯一、犯行現場で知人一家の惨状を目の当たりにしているだけに、何とかその無念を晴らしてやりたいと思うのだが、その空気はだんだん署内から薄れてきている気がした。

小林は特捜本部の何人かと独自の捜査を行っていた。なにしろ、多数の証拠品が残されているにもかかわらず、捜査を行っていない部分が多いのだ。刑事組対課長も暗黙の了解で小林の捜査をバックアップしてくれた。

小林は事件に対しては冷静に、犯人に対しては極めて冷徹である。「罪を憎んで人を憎まず」といった、世の中を達観したような意識は全く持ち合わせていない。同じ環境に育ちながら普通に生きている者の方が圧倒的に多い。確かに育った環境にもよるが兄弟全員がヤクザになったという事例は稀なのだ。小林は自分の信念の中で「これだけは許せない」「この犯人は必ず捕まえる」という意識を持った時は特別のオーラを発するらしい。普段から、小林が仲間や家族に向けている深い温情を知る者にとっては、「小林がこれほど懸命になっているのなら……」という気になる。そんな時、常に誰かが彼に救いの手を差し伸べてくれるのだった。

小林が残された証拠品の中で目を付けたのが、犯人が履いていたスニーカーだった。「ジャックセンサー」という日本国内では生産販売されていないアメリカのメーカーのものだったが、決して有名なブランドではなく、わざわざ人に土産として買うような商品でもなかった。今回のスニーカーの種類の生産販売ルートは特捜本部もチェックしており、いずれも韓国だった。小林は、その他の犯人の遺留品と思われる証拠品と、極めて残忍な殺害方法等から、「犯人は少年なのではないか」と推測した。これを捜査会議で小林の同僚である栗原が発言したところ、

「バカかお前は。子供にこんな残忍な犯行ができると思ってるのか」

管理官は軽く一蹴した。これを聞いた小林は、

「捜一に少年が犯人と言ってしまえば、捜査権が変わってしまうからな。少年だと、生活安

全部の少年事件課の管轄になってしまう。あのバカはそれが嫌なだけだ」

吐き捨てるように言った。しかし、その場にいた刑事組対課長は小林の推論を評価していた。

「小林係長。係長の推論の続きを言ってくれ」

小林は事実を積み重ねた上で達した推論を言った。

「まず、遺留されていたシャツなどの衣類と、現場に残され、犯行に用いられたサバイバルナイフの鞘が入っていたウエストポーチから犯人のウエストサイズが六十センチ未満であること。犯人は犯行後、すぐに逃走せず冷蔵庫の中にあったケーキを食べ、パソコンからインターネットに接続していること。被害者の奥さんは学習塾の先生だったが、その中で希望があれば自宅で個人教授も行っていたこと。親切で教え方も優れていた反面、厳しい面もあったようで、三分の一は途中で辞めているとも言われていること」

小林は一旦言葉を切って言った。

「このジャックセンサーというスニーカーの使用状況等から考えて、ホシは修学旅行か何かで韓国に行った高校生なのではないかと……」

「高校生？」

課長は驚いた声を出した。小林は続けた。

「それも制服で出かける学校です。犯人は普段通学で履く革靴しか旅行先に持っていっていなかった。そこで現地で安く、しかもそんなに格好悪くないスニーカーを購入した」

「うーん。確かに考えられない話ではないな」

「課長。母親が勤めていた学習塾に在籍していた者の所属校で、この数年内に韓国に修学旅行に出かけた学校を調査したいんです」

「いいだろう。国立、都立、私立、すべて、本部の少年育成課に聞けば窓口がわかるだろう。この事件関連とは知らせずにやってみよう。特捜本部に話が漏れると騒ぎになってしまうからな」

「課長、当署の場所柄、神奈川県内も対象に入れておく必要があります」

「神奈川県警か。わかった」

小林は仲間と三人で勤務の傍ら、秘匿の捜査を開始した。

テレビドラマのようにそうそう簡単に犯人は捕まるものではない。特別捜査本部は現在も継続しているが、事件から一年経つと署内の空気は「お宮入り」を意識するようになった。

署長はゴマすりが功を奏して、何の実績もないのに本部の課長に栄転して警視正になった。

そしてもう一つの諸悪の根源である捜一の管理官が、何と副署長に栄転して、しかも山手西警察署に着任してきた。

「本部はこの事件をお宮にする気か？」

そんな声が聞こえ始めた。

小林の捜査も暗礁に乗り上げていた。

「少しずつでも犯人に近づくしかない」

継続捜査は、駐在という異動までの期間が長い小林にのみ認められた特権だった。長いものでも、みな五年もすればこの署から離れていくのだ。保育園で友達の死を知らされた修平が、泣きながら小林に訴えたのをいつも思い出す。

「父ちゃん。悪い奴を必ず捕まえて」

「ああ。必ず捕まえてやる」

小林はおばあちゃんと修平との約束を守ってやりたい一心だった。しかし、駐在兼務の暴力団担当刑事には時間的な限界があった。徐々に一家殺人事件に費やす時間が少なくなっていった。

拳銃奪取事件

警察官が被害者になった事件は警察も威信をかけて捜査に当たる。警察官を狙う場合、スタンガン、ナイフの他、拳銃や爆弾が使用されることが多いのも特徴の一つだ。

これは、警察官が武器を所持しているからで、さらにいえば柔剣道、逮捕術などの訓練をしているため、正面から接近して攻撃をするチャンスも少ないからであろう。

警察官を狙った手口で最も多いものがおびき出しによる犯行で、所轄の最も外れにある交番、しかも深夜もしくは未明が特に狙われやすい。

目撃者はいた。二月下旬の寒が戻ってきたような底冷えする午前四時三十分頃、山手西警察署寺町通り交番に、風体や声の感じから、三十代後半から四十代前半くらいの男が帽子をかぶり、マスクをして訪れた。五十代後半の巡査部長が見張り所の椅子に座り、配達されたばかりの朝刊に見入っていた。

「おまわりさん、そこの公園前の道で人が倒れています。もしかしたら車にはねられたのかもしれません。急いで来て下さい」

「なに、そこの公園ってどの公園のことだ」

巡査部長はすぐに立ち上がって交番の入り口に立つ男の前に歩み寄った。男は交番前のバス通りを西側の方向に指さし、

「ほら、あのバス停の横の公園の手前に路地があるでしょう。そこを入ったすぐのところです」

男が告げる公園は、交番から五十メートルも離れていない。

「よし判った」

この公園と交番との距離が短すぎた。巡査部長は交番の休憩室で仮眠を取っている相勤員を起こすことなく、見張り所から奥の休憩所への入り口の鍵をかけて、通報してきた男と二

人で公園に駆け足で向かった。交番勤務でも当番勤務の際は最低でも二人以上の勤務となり、共に勤務する勤務員を相勤員と呼んでいる。

このような場合、本来ならば相勤員を起こし、本署に訴え出の内容を無線もしくは電話で連絡して出かけるべきだった。しかし、この巡査部長は仮眠に入ったばかりの相勤員を気遣ったばかりか、交番からのあまりの近さに「自分の目で確かめれば済む」と思ってしまったのだった。

ここまでのいきさつを新聞配達の大学生が交番の斜め正面にある路地から眺めていた。

四十分後、この新聞配達の大学生が路上に倒れて頭から血を流している警察官を発見して一一〇番通報をした。

「至急至急。警視庁から各局、山手西管内警察官の受傷。近い局は緊急現場へ」

「至急至急。山手西一号、ＰＳから」

「警視庁了解、途中事故防止には特段に留意。第一発見者は現場で待機中、接触の上速報せよ。なお、一一九番は連絡済み。なお現時点、十キロ圏特別緊急配備を発令する。以上警視庁」

全ての警察車両が動き出す。続報が入る。

「事件発生から四十分以内、逃走被疑者人着、身長百六十五センチくらい、やや小太り、黒い帽子を被り、マスク、茶色のダウンジャケットに黒ズボン、白色スニーカー。逃走方向は不明なるも、服装にかかわらず、通行する者は全部停止、職務質問の徹底を図られたい。なお、しばらくの間、本件通話を最優先とし、通話統制を行う。以上警視庁」

この通信指令本部の無線を聞いただけで、警察官ならば重傷事件であることが想像できる。ここでいう人着とは「人相着衣」の略で犯人の特徴も併せて言う。

「至急至急。山手西一号現場」

「至急至急。警視庁了解。山手西一号を現場連絡車両と指定する。以上警視庁」

間もなく、厳しい内容の無線通話が入った。

「至急至急。山手西一号から警視庁宛、秘話通話に切り替え願いたい」

「至急至急。警視庁了解」

秘話通話とはデジタル通信の周波数を特定のものに変えることにより、連絡車両と通信指令本部、本署のリモコン担当しか会話内容を聞くことができなくなる通信方法である。

小林はちょうどこの頃、本署から緊急連絡で起こされて、受令機のイヤフォンを耳に当てた時だった。小林は重大事件の発生を察知した。

「殉職」

の二文字が頭をよぎった。小林の脳裏に加藤の姿が浮かび上がった。吹き出す加藤の血を押さえながら、彼の身体を抱えていた感覚は、小林の身体が未だに覚えていた。「無事でいてくれ！」小林は心の中でただ念じ続けた。受令機のイヤフォンからは、

「ウニャウニャ」

という秘話通話の声しか聞こえてこない。駐在所とは山手西署管内でも真反対にある、今回警察官が襲撃された交番周辺の地理に小林は疎かった。

地域の警察官なら管内全てを把握しているのだろうが、刑事を兼ねているとはいえ、駐在の宿命でもあった。管内地図を広げ、インターネットで航空地図を確認して犯人の逃走経路を考えた。当然、本署のリモコン席や通信指令本部の司令官は管内地理を熟知している。緊急配備が発令されると、地域課の警察官は原則として、緊急配備時に予め指定された場所で検問を開始する。

小林が制服で学園前のいつもの横断歩道で検問態勢に入った時、携帯電話が鳴った。

「リモコンです。小林係長は私服で本署にあがって下さい。被害者は一命をとりとめたようですが、重篤です。しかし、拳銃と無線機、手帳が奪われています」

小林はこれを聞いて、何らかの二次被害が起こることを懸念した。すぐに駐在所に戻ると私服に着替え、ミニパトを緊急走行させて本署に戻った。すでに管内に居住している署長、副署長は本署に出てきており、寮員全員が招集されていた。

当日の宿直責任者は刑事課長代理（警部）だった。宿直責任者は署長、副署長に事案を速報させ、自身は捜査員を連れて現場に急行していた。賢明な措置である。

一般的に警察官が所持する拳銃を盗むのは暴力団関係者ではないと言える。彼らはその気になれば世界中のあらゆるルートを使って容易にこれを入手できるからだ。

被害者が意識不明の重篤状態で病院に搬送されているため、犯行手口は明らかではないが、通報者の供述と現場に急行した捜査員からの電話報告によると、頸部をナイフ様のもので切られているという。

数年前なら、人の首を切るという行為は日本人ではない場合が多く、中近東、東南アジア、中国からの不法行為者に多く見られた手口だった。しかし、最近、格闘ゲームの中でも、徒手だけでなくナイフや各種武器を使用したものが広まったことで、三十代前半の者から少年まで、平気でナイフを使用し、頸部を攻撃する傾向が見られている。

被害者の巡査部長が運ばれた病院では治療と並行して武器の特定や犯行手口の判断も進められた。法医学の教授が手術に立ち会う異例の緊急治療行為となった。刺傷部位は鋭角なナイフもしくは匕首《あいくち》様の武器で、左頸部に刺して左から右方向に切り上げ、頸部中央の喉仏辺りで抜き取られた形となっていた。この傷跡から、犯人は被害者の後背部から右腕を首に回すようにして刺し、切ったものと考えられた。

交番における訴え出状況や目撃者証言から、現場にもう一人倒れていた者があったのかどうかが、共犯者の有無を確認する重要な問題となった。

現場鑑識には警察犬三頭を含め、通常の倍近くの人員が投入された。被害者の衣服の状況、両掌、膝部分の擦過傷の状況から、鑑識課による実験により、巡査部長が座り込んだところを背後から襲ったものであることが判明した。

現場鑑識が髪の毛一本、塵一つまでを収集して分析を行った結果、被害者の血液は直接地面に付いたものと、地面上に何らかの障害物があって、付着しなかった部分があることが判った。また、その部分には僅かな繊維が残されており、被害者が着用していた制服の左膝部分にも同様の繊維が付着していた。しかしながら、そこには人毛は残っておらず、共犯者が存在していたのかどうかは、鑑識結果からは明らかにならなかった。

しかし、何かしらの障害物を除去したとなると、血液が付着したものを、そのまま運ぶことは考えにくく、車両を使って搬送したことが考えられた。現場に先着した刑事課長代理は直ちに交通鑑識の派遣を要請した。

この刑事課長代理は若いが捜査第二課出身で、警察大学校内に設置されている、捜査幹部の養成機関である特別捜査幹部研修所を卒業しているエリートだった。それだけに、初動捜査指揮のミスは、小林の目から見てもないといってよかった。

交通鑑識は現場付近に残された新しいタイヤ痕を捜し出し、タイヤを特定するとともに、犯行に使用された車両は軽自動車のワゴンタイプであることを特定した。タイヤの位置から後部荷物入れ付近の路上に、血液が付着した何かを後部トランクに入れた際に付いたと思われる数滴の血痕が発見され、被害者の血液型、ＤＮＡと一致した。その残留血液の飛沫の具合からトランク位置の高さを割り出したのだった。

この段階までに約一時間三十分が経過していた。一般的に緊急配備は一時間、特別緊急配備は二時間が限度となる。

各検問場所では全車検問が続けられ、検問を通過した車両は全てチェックされた。また幹線道路に設置されているＮシステムも犯行時間に遡りすべてチェックされた。捜査第一課特殊班はコンピューターによる逃走範囲の絞り込みを行った。自動通過車両探知装置のＮシステムは車両利用による犯罪の解決に大きく貢献するシステムである。

午前八時には本部から、刑事部長、刑事部参事官、捜査第一課長の他、多くの捜査幹部が来署した。警察官襲撃も重大であったが、拳銃が奪取されていることが幹部の頭を最も悩ませた。彼らは一九七四年八月に発生した、元大韓民国大統領・朴正熙の夫人、陸英修など二名が在日韓国人の文世光に射殺された、いわゆる「文世光事件」を思い起こしたからだ。この事件に使用された拳銃は事件の約一ヵ月前に大阪市南区（現在の中央区）の高津派出所で盗まれた拳銃二丁のうちの一丁だったからだ。結果として、文世光事件は北朝鮮が背後で動いた外事事件であることが判明したが、事件の処理を巡って、当時、日韓関係は危険な状況に陥った。二次被害だけは何としても防がなければならない。捜査員だけでなく、警視庁組織の一貫した考えだった。

一ヵ月間の休みなし捜査が続いた。しかし、捜査は暗礁に乗り上げていた。これほど目撃証言が出て来ない事件も珍しかった。しかも、一命をとりとめた巡査部長でさえ犯人の顔を思い出せないというのだった。

あらゆる科学捜査を駆使し、聞き込みに人海戦術を行ったが限界だった。捜査本部が縮小され、捜査第一課の捜査員も二人を残すだけで、新たな情報は何も入って来なかった。未だあの拳銃が犯罪に使用された形跡はない。

「加藤、ちゃんと天国から見てるか?」

加藤は壮絶な殉職を遂げたが、被疑者とその関係者は根こそぎ検挙されていた。

こういう事件に対して陽子は敏感に反応する。

「命はとりとめたの?」

「なんとか大丈夫のようだ」

「よかった。ご家族もホッとされているでしょうね。もうすぐ定年だったんでしょう? やっと一緒に過ごす時間ができる時だったんだもの」

加藤が逝ったのは、警視庁本部員の部長刑事としての仕事を覚え始めた頃だった。鬼のように仕事に没頭している最中の殉職だった。

「一緒に過ごす時間か……」

小林の気持ちを察した陽子が笑顔に戻って言った。

「よかった。私は今、毎日一緒に過ごすことができて。お仕事も一緒だもんね」

あまりに健気な陽子の姿に小林は思わず目頭が熱くなった。陽子を優しく抱きしめた。

その後、年に一度「事件から○年」という声がかかるだけになってしまう捜査本部は、犯人検挙か時効成立まで存続する。現場の捜査員は事件当時から犯人を追っている者が数名残るが、その後の異動で着任した者から見ると「可哀想な存在」に見えるようだ。

殺人事件などの重要事件に対しての時効適用廃止は理解できる。

しかし、捜査の現場は次々と発生する新たな事件に追われ続けている。

第五章　駐在業務

有名人とマスコミ

小林の受持区内には、著名政財界人や芸能人だけでも数十人いる。

つい先日まで大臣を務めていた国会議員は、大臣就任の当日から家の門脇に簡易のポリスボックスが建ち、二十四時間の警戒に入った。たまたま、彼が任命された省庁で不祥事が起きたばかりで、マスコミからも注目されていた事件だったので、閑静な住宅地に報道各社の黒塗りハイヤーが並び、門の前には撮影機材や脚立が並んだ。当然、近隣の住民から苦情が届く。

「駐在さん、ハイヤーって駐車違反にはならないの？　撮影機材は道路の不正使用にならないの？　関係ない人まで写して、肖像権の侵害よ」

「運転手が乗っている限り駐車違反にはならないんです。道路使用も著しく交通の妨げになっているとは言えないし、撮影は故意に関係者以外の人を狙って撮っているわけではないので、なんとも言えません」

「じゃあ、排気ガスで迷惑してるんだから、アイドリングは停止させてよ」

思いつくことを何でも言ってくる。

「この時期、クーラーがなければ死んでしまいますよ」

確かに与党と言っても、世の中の半数以上はその味方ではないのが政治の世界だ。この内閣は思ったより長く続いて、約二年間「重要防護対象」として警察官が張り付いた。時々機動隊が応援でついてくれたが、真夏の暑い時間帯は必ず若い新隊員が立っている。

この大臣邸に来ていたマスコミは二、三ヵ月でポツポツ減っていって四ヵ月を過ぎた頃には何もなかったかのように静かな街に戻った。そして大臣の任を解かれた当日、簡易ポリスボックスもあっという間に撤収された。

政治の世界も厳しいが、警察も行政の一員だからマスコミ同様反応も早いのだ。

一方、芸能人は「親警察派」と「反警察派」にはっきり分かれる傾向がある。確かにいろいろな団体がバックグラウンドにある芸能人も多いので止むを得ないのだが。

しかし、反警察だからと言っても、個人的にはお付き合いしてくれる、というよりも困ったときはやはり警察を利用するのだ。小林が学童整理を終え駐在所に帰ろうとした時、

「警視庁から各局、山手西管内、侵入盗の被害」

一一〇番通報は小林の受持区内に住む、反警察の芸能人宅。ここは、夫婦揃って芸能人なのだが、息子は不良だ。パトカーは他の一一〇番で手一杯なため、小林が本署からの指示で

現場に向かった。

敷地二百坪ほどの一戸建て家屋で、高い塀に囲まれている。これまでは、玄関先で失礼していたのだが、今日は家の中の隅々まで見なければならない。

現場に着くと最初に若いお手伝いさんが出てきて、続いて女優の奥さんが玄関に出てきた。やはり、女優という職業の人は歳をとっていても輝きがある。とはいえ彼女はまだ四十代半ばだった。

「この度は大変でした。状況を見させていただくことができますか」

「お願いします」

玄関だけでも四畳半くらいの広さがある。玄関左脇の待合室の六畳ほどの部屋には贈り物がうずたかく積まれていた。

「頂くのはいいんだけど、お返しも大変なのよ」

「確かにそうでしょうね」

大量の贈り物は「日持ちがするものとそうでない物が年別に棚に分けて置かれ、頂いた方と品物をチェックしてパソコンで管理している」と、自称「付き人兼女優の卵」というお手伝いさんが後でこっそり教えてくれた。

「すいません、まず侵入の状況から見たいので、家の外から見させてください。できればお手伝いさんにご一緒願いたいのですが」

「いいわよ、アキちゃん、ご一緒して差し上げて」

備忘録に敷地内の家屋の配置などを記載しながら、小林が犯人の侵入経路を慎重にさがしているると、お手伝いさんが、

「泥棒が入ったのはこっちですよ」

とずかずか前を歩き始める。

「ちょっと待って、泥棒の足形があるかも知れないから、それを壊さないで」

お手伝いさんの示す方向に行くと、道路に面していない隣家の塀を乗り越えて侵入した形跡があった。侵入方法はサッシ窓の「三点破り」という手口で、鍵付近のガラス部分に透明なビニールテープを貼ってガラスが飛び散らないようにしておき、鍵を開けるのに必要な分だけ三角形にガラスを割ってから開錠して侵入する方法だった。侵入口に足跡が残っている。

「この靴跡は家の方のものじゃありませんか?」

「はい、私はサンダルだったし、私以外に今日ここに来た者はおりません」

「わかりました。ちょっと電話をお借りしたいのですが」

「いいですけど、どうしてですか」

「警察署の鑑識係と盗犯係の刑事を呼ぶ必要があります。無線を使うと、知らなくていい人にまで聞こえてしまうでしょう」

「ああ、なるほど。どうぞこちらへ」

地域の警察官は原則として勤務中の携帯電話所持を禁止されている。管内に無線の不感地帯がある場合などは特別に所属長の許可を得て持つことになっている。この原因を作ったのが、ある所属の、覚せい剤取締法違反捜査中の携帯電話私的使用だったという実につまらない理由なのだ。しかし小林にとっては、勤務中ぐらい、職務に専念するためには、携帯電話はなくても構わないと思うのが本音ではある。

また、無線機の使用でも、かつて侵入強姦事件の通報を無線機でやってしまったバカがいて、それをまた制止しなかったリモコン担当ともども吊るし上げられたことがあった。

「至急、至急」

「至急、至急、通報の局どうぞ」

「了解、大沢ＰＢ（ポリスボックス：交番の略）、藤田ですが、強姦事件が発生です」

「強姦？　突っ込みの強姦ですか」

「そのとおり、しかも室内侵入によるものですので、捜査員の派遣を願います。場所は小寺町三丁目……被害者は十九歳の短大生」

さすがに、これを刑事部屋で聞いていた刑事課長が即座にリモコン席に通話停止の電話を入れたらしいが、地域課しか経験したことがない警察官には他人のプライバシーに無頓着な者が多いのだ。

屋内で電話を借りて本署に連絡を取ると、鑑識と盗犯の刑事が向かうとの連絡がきた。小林はそれまでに、ある程度の実況見分だけはしておこうと、お手伝いさんと奥さんから被害の場所等を聞きながら、家屋の見取り図を作成した。

どの部屋も結構荒らされていて、足の踏み場もないほどだった。

「この部屋から何が盗まれているかわかりませんか」

「ここは何もないと思うわ」

奥さんの答えに、お手伝いさんがこっそり耳打ちしてくれた。

「うちの先生、片付けができない方なんです」

付き人兼務のお手伝いさんは、女優である奥さんを「先生」と呼んでいた。

「ええっ。この部屋は荒らされているんじゃなくて、日ごろからこの有様なんですか？」

お手伝いさんに尋ねると、彼女は、

「はい、どの部屋もこんな感じです」

と、また、こっそり答えた。

「あなたは、お手伝いさんとして、後片付けはしないんですか……しかし、それにしても、これじゃあどこから何を盗まれたかわかりませんよね」

「いえ、都内で公演が入っていたので、この三日間、私はこちらにきていなかったんです。盗まれたものは現金と宝石のようなんです」

「この部屋からですか？」

「いえ、先生と、大先生の寝室からです」

ご主人の俳優を大先生と呼んでいるようだ。

「盗まれたものがあるのは、その場所だけですか」

「今のところ、そのようなんですが」

「今朝の泥棒に気づかれたのはいつ頃、どなたですか」

「はい、今朝八時頃、先生と私が一緒に帰ってきて、そのときに」

詳細は奥さんに聞いた方がいいと思い、お手伝いさんに一通り屋内を案内してもらって一旦応接間に戻った。

「では、奥様、留守になった状況と、被害品、被害の場所を確認させて頂きたいのですが。後ほど担当の刑事が参りますので、詳しいことはそちらに伝えていただいて、おおまかなところをお伺いいたします」

「一度じゃ済まないの？」

女優の奥さんはやや不機嫌な顔になったが、思い直したように言った。

「まあ、いいわ、ところでおまわりさんは、この先の駐在さん？」

「はい、そうです。なにか？」

「大竹さんが褒めてたから、どんな方かなと思ってたのよ」

「ああ、そうですか。監督ご夫婦にも可愛がって頂いております。それよりも、今回のことを」

大竹さんはこの近所に住む有名映画監督夫人で、彼女自身もかつて多くの映画に出演していた女優だった。芸能人同士であるから、大竹さんとこの奥さんが知り合いであってもおかしくはないのだが、大竹さんから受けた印象では、二人は決して良好な仲ではなかったはずだ。

「あっそう。いいわよ、何でも聞いて頂戴」

現在、この家には俳優のご主人と奥さん、次男が一緒に暮らしている。長男は海外生活中で二十二歳の次男は一応大学生ということだが、週に一度帰ってくるかどうかもわからない。金銭感覚が完全に麻痺している母親は、子供に言われるままの金を小遣いとして渡していた。俳優のご主人は現在、京都で撮影に入っていて、当分の間帰ってこない。女優の奥さんは昨日まで舞台公演だったため、三日前からホテル住まいで自宅には帰っていなかったという。

被害があった部屋を確認していると、盗犯担当の刑事が鑑識係員を伴って到着した。珍しく、盗犯担当係長も同行していた。小林は鑑識担当刑事に侵入予想場所と遺留足跡の存在を知らせて一旦駐在所に戻った。

この日は所属する係が第一当番であったため、本署に上がって係長から指示を受けていると、地域課の部屋に先ほどの盗犯担当係長がやってきて、小林に手招きした。

「お疲れ様でした。あまりの綺麗さにビックリしたでしょう？」

「なに、女優のこと、家の中のこと？」

「お片付けのことですよ」

盗犯担当係長は苦笑いしながら、

「小林係長、俺、実はファンだったんだよね。一応、色紙も持っていったんだけどね。でも、ショックだったなあ。それから、ホシの件なんだけど」

と、そこまで言って、こっそり言葉を低くして言った。

「あれは、息子だよ」

なんとなく、そんな気もしていた。

「やはりねぇ、侵入場所からまっすぐに足跡が廊下に向かっていたのが、気になっていたんですよ。元（暴走）族で未だに変な連中とつるんで、放任ですからね。奥さんには伝えたんですか？」

「いや、まだだけど、先ほど息子に連絡がついて出頭要請したら、すぐに認めたよ」

遺留足跡の靴と息子本人の靴のサイズが一致し、被害場所付近に残された複数の遺留指紋の中に関係者指紋の息子のものが残っていたらしい。

「そうすると、親族相盗ですね」

「そんなところだね、まあ、親からしてみれば、よそで泥棒しなかっただけでもよかったたってところだろうね。被害額三百万だってさ。宝石はまだ息子が一部を持っているらしい。それにしても、ショックだったけど、やっぱり綺麗だったなぁ」

駐在所に戻る途中で先ほどの女優宅付近に来ると、人だかりができている。何事かと思って近づくと、そこにはすでに数社のマスコミが到着していた。テレビで見慣れたレポーターがいて、カメラマンが家の前でテレビカメラを回し始めている。

門のインターフォンを押すと、そこへテレビカメラが寄ってくる。

「今、地元の制服の警察官がやってきました」

ワイドショーの生番組のようだ。こういう時は毅然とした対応をしておかないと、後で、誰になんと言われるかわからない。

「申し訳ありませんが、マスコミの方はちょっと下がってください」

そこへ、お手伝いさんではなく、当の女優の奥さんが出てきた。

「ごめんなさい。夫が京都でマスコミに喋っちゃったみたいなの」

後ろでは「すいませ〜ん、○○テレビですが……コメントを……」と大騒ぎだ。「参ったな、田舎の両親も観ているかも知れない」などと思いながら小林は一旦、家の中に入れてもらった。応接間でテレビを観ると、この家の正面からの映像が流れていた。お手伝いさんが、「おまわりさん、今映ってましたよ」と言うと、女優の奥さんまで「よく映ってらしたわよ」と余計なことを言う。

「バカ、お前の息子が犯人なんだよ！」と叱ってやりたい衝動を抑える。

「とりあえず、この生番組が終わるまで、ここにいさせて下さい。それから、何らかの形でマスコミ対策をお願いします。この分では警察署にもマスコミが取材に行くと思いますので、また電話をお借りしますね」

交際から結婚、離婚まで全てがニュースになる芸能人ほど、マスコミを有効活用する人種はいないのだろうが、それが逆効果になることも当然あるのだ。

その夜、小林の顔を見るなり、修平が駆け寄ってきた。

「父ちゃん。今日もテレビに出てたって、裕樹のママが言ってたよ。かっこよかったって」

こんな場面を「鬼コバ」を知っているヤクザものが観ていたら、何と思うだろうと冷や汗をかいていると、陽子が言った。

「この辺りの奥様方には、ちょっとした人気よ。嬉しい？」

「お前は俺の気持ちが全くわかっていないないなあ」

「だって今、鼻の下長くしてたわよ」

「お前、妬いてるのか」

「ヤクザのおじ様方がびっくりして観てるかもよ」

流石に刑事の嫁だった。

しばらくの間は多くのマスコミが取材に訪れていたが、事件の実情が判明する頃には、こんな事件のことをマスコミはすっかり忘れてしまっていた。

結局、容疑者の次男を親が告訴しなかったため、刑法の特例である親族相盗が適用されてこの事件そのものが事件でなくなった。その後、この芸能人夫妻は親警察に立場を変えたようだ。

それから半年ほど経った頃、銀座で発生した宝石強盗の犯人が逮捕された。その盗品密売ルートから押収した証拠品の中に、この次男が家から持ち出した宝石が一点含まれていた。たまたま、母親の女優が被害にあった宝石店から購入していたもので、リングの内側の刻印から所有者が判明したのだった。どういうルートからマスコミに流れたかは明らかでなかったが、マスコミが再びこの事件を思い出した。

公判の過程でついに次男の名前が登場することとなった。両親は最後まで次男を庇い続けたが、被告人の関係者が一部マスコミにリークしたことで、マスコミ関係者の知るところとなった。しかし、ほとんどのテレビや新聞はこれを黙殺したため、ごく一部の週刊誌が取り上げただけで本件は終結した。

不良息子は今回の両親と警察の姿勢にありがたさを感じたらしく、少し真面目になってきたという話を刑事から聞いた。


「駐在さん、大学生の子供に渡す小遣いって、どのくらいが普通なの？」

「どうしたんですか、突然」

「弁護士が『警察に聞いてみなさい』っていうのよ」

「どんなお子さんに育てたいかですね」

　初めて駐在所を訪ねてきた女優の奥さんは、母親の顔になっていた。

誘惑

　制服の警察官だからといって、巡回連絡中になんの誘惑がないわけでもない。裕福な家庭でも、いやそれだけに寂しい思いをしている主婦や心を病んだ女優もいる。

「こんにちは、駐在です」

　巡回連絡は駐在の最も大事な仕事だ。小林は勤務中のできる限りの時間を巡回連絡に充てている。地域課には勤務基準という勤務表があり、これに基づいて勤務するわけだが、駐在の警部補にはこれを自己の判断で変更することが認められている。

　小林は必ず夕方近くに巡回連絡に立ち寄る家があった。

　オートロックのドアが開き、七階までエレベーターで上がる。二世帯に一台のエレベーターが付いた、この辺りでも高級の部類の億ションと言われるマンションだった。

　エレベーターを降りると六畳くらいの小さなホールがあり、左右に豪華なマホガニーの扉がある。小林が片方の扉横のインターフォンを押すと、何の返答もなく、扉がガチャリと重々しい音をたてて開いた。中からハスキーな女性の声がした。

「あら久しぶり。上がっていっていいんでしょ」

「こちらにお邪魔するときは、この時間を選んでますから」

「まあ、嬉しい。お相手がいると楽しいわ。小林さんの話も楽しいし」

今日もきちんと化粧をしているが、化粧の匂いよりもブランデーとわかる香りが漂っている。

「今日もご機嫌ですか?」

「ご機嫌なわけがないでしょ。どうぞ、上がって」

歳は五十少し手前。つい数年前までは幾つものテレビコマーシャルに登場していた大物女優だったが、やはり大物の俳優との離婚がきっかけとなって心を病んでしまった。同居していた母親がアルツハイマー病になって入院してしまった事も重なり、次第に酒に溺れるようになっていた。しかし、彼女のハスキーでいながら甘ったるい声は男の心をくすぐるものがある。小林に警察官の自覚がなければ、すぐに男の本性が現れるに違いないセクシーさが、この歳になっても薄れていない、やはりその道のプロの姿だった。

「お邪魔します」

十畳近くある玄関を上がり、廊下を通って奥のリビングダイニングに入る。三十畳は十分にある。ダイニング手前のキッチンはカウンター式になっていて、ここだけでも駐在所の見張り所の倍はある広さだ。

ダイニングのガラスの食卓には、盛り花と果物が外国ドラマのように飾られている。二日に一度、通いの付き人兼お手伝いがセットしていくことを、小林は女優本人から聞いて知っていた。

リビングの応接セットは、くの字型の白い革張りのソファーとガラステーブルで、テーブルの上にはヘネシーのＶＳＯＰとバカラのＮクラウンのブランデーグラスが置かれている。

「どうぞ、かけて」

女優の名は葉山明子と言い、本名も同じだった。

「明子さんは今日はいつ頃から飲んでるの？」

「ええっ？　昼過ぎからかな。きのう新しいＤＶＤが届いたのよ」

明子がやはりバカラの持ち手がないブランデーグラスと氷のセット、小林が好きな房付き干しぶどうと干しイチジク、クラコットとクリームチーズを一緒に持ってソファーにやってきた。

小林のグラスに氷をいれ、なみなみとブランデーを注ぐ。小林の好みの飲み方をよく知っている。

「半年ぶりかしら、乾杯」

二人でグラスを合わせた。

小林はもちろん勤務中である。拳銃こそ駐在所に置いてきているが、警察手帳は所持し、制服姿である。

警視庁警察職員服務規程にある通り、警察官は勤務中に「みだりに」飲酒をしてはならない。ただ、この「みだりに」が重要なのだ。やむを得ない場合もある。しかし、これを拡大解釈してしまうと「みだり」が「みだら」に変わってしまう。

「ねえ、どうして、半年に一度しか来てくれないの？」

明子の、この「ねえ」の一言だけで、理性を失ってしまう男も多い——数年前に彼女が出演していたコマーシャルについて、週刊誌でそう評論されていたが、まさにその魅力が今でも十分にある。しかもテレビ越しではなく、今、小林の横に座り、小林の耳元で囁くのだ。

「明子さんのファンだからと言って、職権を濫用して来るわけにはいきませんよ」

「何言ってんのよ。お金も取らないし、食券なんて出してないわよ」

明子は小林にしなだれかかりながら、グラスを持たない左手の人差し指で小林の頬を突っつく。

「職権違いですよ」

「まだ、頭が回ってるってことよ。全然酔ってないもん」

グラスに残っているブランデーをグイッと空けると、明子はまたグラスに三分の一ほどブランデーを注ぐ。彼女はブランデー本来の飲み方であるストレートで飲んでいる。

「今日は、何を聞きたいの？　芸能界の中の暴力団話？」

「いや、それは大体理解できた。今日は純粋に明子さんの顔を見たくなった」

「へえ、小林さんもようやくそういうことが言えるようになったんだ」

明子は小林の顔を正面からいたずらっぽく覗き込むように顔を近づけてくる。キスをしようと思えば、少し顔を前に出せばいいだけの距離に明子の整った顔と、薄い唇がある。

「いつまで経っても小悪魔だなあ、明子さんは」

「何が小悪魔よ。それは三十代までよ。もう、おばさんだから、誰も相手にしてくれないの」

「そんなことはないよ。これでも、今、必死に欲望と闘ってるんだから」

「ふふん」

明子は少し嬉しくなったらしく、グラスをガラステーブルの上に置いて、小林の左腕にしがみついてきた。華奢に見えるが意外なほど豊かな乳房の感触が厚手の制服越しに感じられる。

「ねえ、キスして」

この誘惑は今回が初めてではないが、小林は拒み続けている。

「お酒を飲んでる時はダメです」

「いつも、お酒飲んでる時しか来ないじゃない」

「お酒を抜けばいいんですよ」

「私だって、アル中じゃないんだから、たまには抜いてることだってあるわよ」

明子はグラスを持つと一気に琥珀《こはく》の液体を喉に流し込んだ。

「そんな飲み方してると、身体もたないよ」

小林は少しきつめに言うと、明子はポロポロと涙をこぼす。しかし、この涙も女優の涙なのだ。以前、彼女は「女優は泣きたいと思ったら、すぐにでも泣けるようにならなきゃ一流じゃないの」と言って、大笑いしたあと「あーん」と言って本当に涙を流した。かと思うと「ほらね」と平気な顔をしたのだ。この時ばかりは小林は一流のプロの凄さを見せつけられた思いがしたものだった。

「嘘っこ涙だと思ってるんでしょ」

涙声で見透かしたように言われると、小林は返す言葉がなかった。

「私と飲んでて楽しい?」

「うん。凄く楽しい」

「それは、私が女優だから?」

「それもあるかも知れない。でも、それ以上に存在感を強く感じる。やっぱり、一流は違うなと思う」

「今のあたしは抜け殻」

「そんなことはないよ。やっぱり一流だと思う。僕はこの地域で一流の人とたくさん接する機会があって、幸せだと思う。今の仕事に就いていなかったらこんな経験はできなかったと思う。そんな中でも、明子さんは特別の一流なんだよ」

明子は上目遣いに小林の顔をジッと見つめる。この仕草は鳥肌が立つほどセクシーだ。小林はまるで我慢比べでもしているかのような心境になった。

「小林さんからそう言われると、本当に嬉しいわ」

小林は明子の目を正面から見て思いきって言ってみた。

「もう一度、明子さんをテレビで観てみたい」

彼女は自嘲気味に答えた。

「あたしたちの世界はそんなに甘いものじゃないわ。そこに長くいた者だから、余計によくわかってるの」

「そうかな。僕はまだまだあなたの役どころはあると思うけどな」

「おばさん役？」

「明子さんより歳を取っていても素敵な女優さんはたくさんいる。若い女優さんばかりじゃどの舞台も映画もドラマもできない」

少しの沈黙が二人の間に流れた。明子は再び自分のグラスにブランデーを三分の一ほど注ぐと、今度はグラスの柄を中指と薬指の間で挟み、グラスをゆっくりゆらし始めた。何か真剣に考え始めた素振りだった。小林が呟いた。

「復活しようよ」

「うん」

自信なげに二、三度相づちを打つ明子は従順な少女のようだった。

「僕は何もできないけど、一所懸命応援はするよ。明子さんのファンはまだまだいっぱいいるんだから」

「うん」

彼女の目は遠くをみているようだった。

「僕は『頑張れ』という言葉は嫌いで使わないけど、挑戦してほしいな、明子さんには」

「うん」

小林はそろそろ潮時だと思った。グラスの中の酒を干して立ち上がろうとすると、彼女は、

「お願い、もう少しここにいて。あと一杯だけ付き合って」

何かに憑かれたように言う明子に小林は付き合った。今度は小林が自分でグラスになみなみと注いだ。

その後、会話はあまりなかったが、彼女の目に光が宿ったような気がした。

ゆっくりグラスを空けて小林が立ち上がると、

「ありがとう」

彼女がそう言って小林に抱きついてきた。小林は優しく抱きしめた。

数ヵ月後、新聞の週刊誌の広告欄に「葉山明子復活」の文字が躍っていた。

それから数週間して、突然、陽子が尋ねた。

「ねえ、葉山明子さんと何かあった？」

「なんだ、藪から棒に」

「今日ね、葉山明子さんがテレビのトーク番組に出ていたの。そしたらね、彼女恋をしてるんだって」

「ほう。素敵なことじゃないか。復活できたのは愛の力だってことかな。それが俺となんの関係があるんだ」

「相手はね、片思いだけど、いつも励ましてくれるお巡りさんなんだって」

一瞬、小林の目は宙を泳いだことだろう。しかし、ニッコリ笑って言った。

「いい話じゃないか。警察の評価が上がって」

「ふうん」

陽子は小林の目をジッと上目遣いに見た。セクシーさは明子の百分の一もなかったが、可愛いと思った。

第六章　組織犯罪対策

窃盗団

……山手西管内侵入盗被害一一〇番入電中……

ゴールデンウィーク最後の月曜の午後八時を過ぎた頃、制服の左胸ポケットに入っている受令機が「ピーピー」と鳴った。小林はすぐにイヤフォンをとり外し、耳に当てると通信指令本部から情報が流れてくる。「ピーピー」と鳴る機械音はセルコールというが、その音の高低によって自分の所轄のものかそうでないかが慣れでわかってくる。

……警視庁から各局、山手西管内山手学園西町二丁目××近い局……

この時間帯、PCは全て取り扱い中であることを小林は所轄系無線機を聴いて知っていた。間もなくリモコン席から、

……PSから小林係長……

とお呼びがかかる。

……小林です、侵入盗被害の件は傍受了解、PBから向かう、どうぞ……

出動報告をしてバイクに乗ると現場に向かった。この一週間で四件目の侵入盗被害である。それも大型連休中に家を空けていた住民が、家に帰ってきて被害に気づいたものだった。おそらく犯人たちは一日のうちに何件かの犯罪を敢行したのだろう。

これまでの三件の手口は同じで、戸建ての庭側のガラスを破って侵入し、現金、貴金属類の他、パソコン、高級家電製品など、金になるものは片っ端から運び去っている。一人でできる犯行でないことは明らかだった。

年末年始、ゴールデンウィーク、夏休みなど、この地域の住民は海外や別荘に行く人が多い。

「数日間家を空ける時は駐在に知らせておいて下さい」

日頃から巡回連絡の度に伝えているのだが、まだまだ自分の気持ちが伝わっていないことが小林は悲しかった。

連絡して貰うだけで、小林本人だけでなく、パトカーも重点地区として巡回回数を増やすし、警戒もする。住民の多くは「民間のセキュリティー会社と契約しているから大丈夫」と思っているようだが、相手もプロなのだ。

小林は憂鬱な気持ちを抑えて、よく知っている被害者宅を訪れた。屋敷の奥さんが小林の顔を見るなり言った。

「小林さん、情けないやら、悔しいやら。ちょっと見てよ」

　玄関から何度もお邪魔したことがある屋内に入ると、玄関左脇の六畳ほどの広さがある贈答品置き場が、ほとんど空になっている。「こりゃ相当持って行かれたな」と思って、その部屋の隣にある待合室の八畳間に入ると、そこに飾られていたバカラ、スチューベン、ラリックなどのガラス製品の他、ガレのランプも壁に掛かっていた名画もない。

　さらに応接間では、七十インチの壁掛けテレビの他、主の趣味だったオーディオ設備が全てなくなっている。マッキントッシュのフルスペックスピーカー、アルテックのサブスピーカーとレジーナのターンテーブルだけで七百万円はゆうに超えているはずだ。飾り戸棚にあったカメラや芸術品の腕時計もなかった。ここまでざっと見積もっても数千万円は超えている。応接間の奥の和室には有名書家の掛け軸や人間国宝が創った白磁の壺があったが、これは手つかずの状態だった。その和室のガラスが見事に割られており、部屋の畳の上に斜めからライトを当てると僅かながら土足の足跡が残っている。小林は呆然と立ち尽くす主とその妻に聞いた。

「おそらく、全ての部屋に犯人が入っていると思いますが、全部で何部屋あるんですか」

「納戸とウォーキングクローゼットを入れると、えーと幾つだっけ、十四かな」

　この家だけで被害金額は現金五百万円を含め、時価総額七千五百万円だった。

　小林は今回の侵入盗は、これまでの犯人とは異なる大掛かりなグループによるものであり、被害品の処分ルートの観点から国際犯罪組織の関与の可能性を考えた。

小林はこの地域一帯の防犯カメラの設置状況を完全に把握しており、その中の何ヵ所かは小林本人が巡回連絡の際に防犯診断を行ったことを参考にして、設置されたものであった。被害者宅の前の道は一方通行であり、幹線道路に出るまでには、どんな裏道を通っても、少なくとも五ヵ所の防犯カメラに身を晒すことになる。犯人が現場に至るまでの状況も含めて、小林は地域防犯に取り組んだ結果が出そうな気がしていた。

十ヵ所の家庭と会社の防犯カメラをチェックすると、早速アルミパネルの軽トラック七台が容疑車両として浮かび上がった。この中にはレンタカーも含まれていたため、小林は刑事課の盗犯捜査係と組対課とともに捜査を開始した。確認する防犯カメラの範囲を広げていくと四台の車両ナンバーが確認できた。また、あとの三台から、レンタカー会社が二社判明した。

レンタカー会社を捜査していたグループから面白い話が飛び込んできた。

一台のアルミパネル軽トラックのレンタル状況について、数日前に隣接の神奈川県警からも捜査員が訪れて聞き込みをし、その結果、借り主がこの事件と同じだとわかったのだった。通常ならば、警視庁と神奈川県警の先陣争いになる事案だったが、ここで無意味な競争をしても仕方がないと思った小林は、課長と署長の了解を得て、窃盗犯捜査を主管する警視庁刑事部捜査第三課を通じて、警察庁から神奈川県警に、情報交換を提案してみた。この時点で神奈川県警は、県警本部ではまだ事件を把握しておらず、所轄が独自で捜査を進めている段階であることがわかった。

この報告を聞いた警視庁の捜査第三課は、連続高額侵入窃盗事件としていち早く山手西警察署内に特別捜査本部を設置し、合同捜査の態勢を警視庁主導で進めようと動き出した。小林にとって手柄争いはどうでもいいことだったが、刑事警察独自のテリトリー主義に嫌な思いをしたのも事実だった。一件の逮捕で百件の余罪が出れば、検挙率もアップする。そうすると、当然ながら個人、団体の評価も変わってくるから仕方のない事だったが、そこに被害者の被害回復に対する思いを見いだすことはほとんどできなかった。そこで小林は、組対部とも連絡をとりながら、被疑者グループに外国人がいた場合には国際犯罪捜査を担当する組対第二課を早期に投入して、不必要な「泳がせ捜査」を防止する方針をとった。これは将来的には捜査第三課と大喧嘩になる可能性もはらんでいたが、被害者の立場を考え、被害品を一つでも多く、早く返還してやりたい気持ちから立てた方策だった。署長はこれを理解してくれた。

レンタカーを借りた男は日本人だったが、運転免許証記載の住居にはすでに居住しておらず、男が連絡先としてレンタル申込書に記載した携帯電話番号の契約者は別人であることが分かった。携帯電話の契約者は大田区に居住する者だったが、現在の居住事実はなかった。

男の金銭関係を調べるべく、金融機関と健康保険について捜査を進めると、都市銀行と郵便局に口座を持ち、残高も多額だった。さらに消費者金融からの借財があり、時々多額の返済を行っていることも確認された。また、健康保険は国民健康保険を利用しており、最近、大田区の歯科医院で治療を受けていることも判明した。銀行に関しては都内の支店のＡＴＭから、この月に数度の引き出しを行っており、その際の写真が入手できた。この口座から現金を引き出した男はすべて同一人物で、歯科治療を受けている男だった。さらに、防犯カメラに映ったレンタカーの運転席に座っていた男とも一致した。

一方で、この男の銀行口座に時折百万円単位で振り込みを行っている個人が特定された。都内、神奈川で古物を扱う貿易会社の社長だった。男が使っている携帯電話の通信記録に、この会社からの通信履歴が多く残されており、またメールの内容も確認できた。それが特定の裏付けとなった。

神奈川県警の所轄刑事課でも捜査第三課出身の刑事課長がこの男に近づきつつあるとの報告が、県警から警視庁に伝えられた。川崎市内の高級住宅地でも、都内と同様の大掛かりな高額侵入窃盗が連続していたのだった。

神奈川県警の捜査第三課から問い合わせを受けた、県警の所轄の刑事課長は愕然とした。彼は捜査能力こそ優れていたが、自分の手柄を第一に考える男だったため、県警本部を巻き込むことをせず、捜査の目処が立ったギリギリの段階で自分をアピールしようと考えていたのだった。そこが全国指導官である小林との感覚の違いだった。小林は常に捜査経済を念頭に置いていた。他県まで警視庁の警察官が出向いて仕事をする必要はない。時間的にも、経済的にも、他県にある程度任せるほうが効率がよい場合が多いのだ。しかし、神奈川県警の所轄刑事課長は警視庁から共同捜査の打診を受けると、手放しに喜んだ。刑事課長は、今回の事件が全て警視庁の手柄になってしまいかねないことを一瞬で察知したからだった。警視庁が余罪捜査を進めて犯人が自供してしまえば、自分たちが作成した全ての捜査資料を警視庁に渡さざるを得ないことを刑事課長は知っていた。全てがゼロになってしまうところに、警視庁が手を差し延べてくれたのだった。

さらに同様の事件が都内、神奈川県内の高級住宅街で頻発していることも捜査の結果明らかとなった。都内では、田園調布、玉川、成城、駒込、武蔵野の高級住宅街がターゲットにされ、被害件数は五十件を超えていた。また神奈川も横浜、川崎、鎌倉が狙われており、こちらも三十件を超え、手口も共通していた。

警視庁は警察庁、関東管区警察局、神奈川県警と協議を行い、最終的に警視庁、神奈川県警の共同捜査を進めることとなった結果、この一連の事件は警察庁登録組織窃盗第二一号事件に指定されることになった。

捜査態勢は警視庁七署、神奈川県警六署とそれぞれの捜査第三課、組織対策課が組み込まれた。

小林は特別捜査本部に籍を置き、全国指導官の立場として、レンタカー運転手の捜査の指導を進めた。ある日、大田区の歯科医から、容疑者から予約が入った旨の連絡を受けた。捜査本部は色めき立った。小林は捜査員四人を連れて歯科医院の張り込みを始めた。予約時間の午後五時少し前に男は車で現れた。駐車場に車両を駐車すると何喰わぬ顔をして院内に入った。小林は約一時間の治療時間を歯科医師に依頼していた。直ちに男が乗ってきた車両の所有者の特定並びに、追尾態勢を捜査本部に依頼し、GPS探知機も取り寄せ、車両の後部バンパーに発信機を取り付けた。

車両の所有者は都内の貿易会社であることが間もなく判明した。別グループがその会社の捜査に取りかかった。社長は在日の中国人で、過去に大型脱税で国税の査察を受けていた事も明らかになった。国税庁に対して捜査共助の申し入れが直ちに行われた。国税庁を巻き込むと後の捜査が早い。そのことを広域捜査に慣れた捜査官ならばよく知っている。脱税は必ず繰り返されるのだ。前回の査察が七年前であることを考えると、そろそろ国税庁も目をつけていい頃だった。国税庁は捜査共助に同意した。これで、この会社の取引先等が明らかになる。銀行調査は最後に回さなければ、捜査機関の手の内が犯罪者にすぐに伝わってしまう。銀行はあくまで顧客の味方であって、捜査よりも顧客、銀行の利益を優先するため、ギリギリまで我慢する必要がある。

一時間後に男が歯科医院から出てきた。車に乗り込むと、捜査第三課のバイク部隊が追尾を開始した。捜査第三課には特殊班捜査チームがあり、その多くはスリ犯の摘発だが、バイク利用の追跡チームを持っている。バイクの種類も多種多様で、ひったくり捜査用の原付から、自動車盗捜査用の大型自動二輪車まで幅広い対応ができるように運用されている。

バイク部隊が男をヤサ、つまり自宅まで追い込んだ。駐車場は貿易会社名義で月極契約をしていた。

男が住むマンションは目黒区中目黒の高台に建つ高層マンションだった。セキュリティーもしっかりしていた。オートロックのエントランスに男と一緒に入り込んだ捜査員が居住階を確認して報告した。その日のうちに契約者が判明した。巡回連絡は行われていなかった。マンションの契約者は神奈川県の貿易会社で、会社名義で男に百万円単位の振り込みをしていた社長の会社だった。

国民健康保険証と運転免許証の写真から、男の人定は一致し、素性は一応確認できたが、直接確認する必要があった。ただの職務質問では面白みがない。公安が時々使う「転び公妨」でもよかった。これは嫌疑が濃厚な容疑者の身柄を一時的にでも拘束して、その間に別件で捜索差押を実施し、本件の証拠物を押さえる手法である。たとえば、公衆の面前で警察官の身分を証して職務質問を行い、その際に警察官が暴行を受けたように装ってその場に転び、公務執行妨害罪で現行犯逮捕するというような、超法規的な捜査手法だった。このマンションの地理的条件からいって、車両を使う可能性が高いことから、交通事故を装う作戦がとられた。男のマンションの居室の入り口とマンション前の駐車場に停めてある車両のタイヤ下にも小型センサーを設置し、動きがあればわかるようにして、捜査員を遠巻きに秘匿配置する。出会い頭の事故現場はすでに決定済みで、バイク部隊の捜査員が特攻隊となる。

小林は日頃から公安捜査の秘匿性、特殊性を理解した上で、捜査に公安的手法を用いることを全国の捜査員に指導し、実践させていた。それだけに、今回、捜査技術が硬直化していない現場の姿を素直に喜んだ。

翌朝十時に男は動き出した。駐車場を出て二つ目の見通しの悪い路地で一時停止を怠った男の車に、バイクが接触して転倒した。男は慌てて車から降りた。バイクの捜査員は見事な受け身をとったが、車を運転する男からは見えない。男は「馬鹿野郎！」とバイクの捜査員に怒鳴ったが、すぐ後ろの車の運転者が「あんたも一停していなかった」と証言したため、それ以上、男は何も言えなかった。

バイクの捜査員は物件事故としてパトカーを呼んだ。

男の人定と勤務先、連絡先が明らかになった。男は名刺を持っており、神奈川の貿易会社社員という形になっていた。運転免許証の住所変更はまだされておらず、住民票も半年以上移動していないことが明らかとなった。連絡先はレンタカー会社に告げた携帯電話番号だった。バイク部隊の警察官は当然本名を使っているが、職業は協力者の会社にしてある。

レンタカー会社をチェックしていた別グループから、この男が他の会社でもアルミパネル軽トラックを何度かレンタルし、その日に必ず侵入盗被害が起きていることを確認した。レンタカー会社に対する協力要請が警視庁からなされた。

五日後、神奈川県新横浜駅近くのレンタカー会社から連絡が入った。この男が翌日、アルミパネル軽トラックの予約をしたという内容だった。

神奈川県警のチームは警視庁が持つGPS等の各種機材を借り受け、追跡捜査に入った。レンタカー会社周辺の張り込みを開始した。予約時間の午前九時に二台の車両がレンタカー会社に到着した。その一台は例の中目黒の男のものであり、彼の車に取り付けてあるGPS発信機が警視庁本部にも信号を送り続けていた。当然、秘匿の追尾部隊も確認していた。

もう一台には四人の男が乗車しており、その車の所有者は都内の脱税歴がある中堅貿易会社名義だった。GPS発信機が取り付けられたアルミパネル軽トラックはレンタカー会社を出発し、もう一台の車の後に続いた。車は横浜市の最北部である、都筑区の新興高級住宅街に入っていった。

すでに狙い場所は決まっていると思えるスムーズな動きで、物色しているような様子は見受けられない。車二台は住宅街の外れにある小さな公園の脇で一旦停まると、十分ほど停車していたが、そこへ小走りに近づいてくる男がレンタカーの軽トラックの助手席に乗り込み、二台は一緒に動き出して一軒の豪邸の前で停車した。

乗用車から三人が降り、助手席に乗った男の案内で豪邸の裏口から敷地内に入っていく。

乗用車は先ほどの公園前に場所を移した。

警察は包囲移動態勢を整え、この家の所有者の勤務先や親族に連絡を取って、家人の居所を調査した。家人は海外旅行中だったが、旅行会社が判明し、四十五分後には国際電話が通じた。

一時間が経った頃、最初の荷物が玄関から堂々とトラックに搬入され始めた。二十分間で数十回の搬入が終了し、公園前から人員搬送用車両が到着した。作業が終了した様子だった。間もなく引っ越しが終了したかのように車両二台が動き出した。

横浜市中区の倉庫街に入ったところで、車は二手に分かれた。レンタカーの軽トラックは大型貸倉庫の中に入って行く。もう一台は貿易会社の駐車場に停車し、四人の男は会社に入っていった。この段階で、捜索差押令状と中目黒の男に対する逮捕状が請求された。捜査員はすでに裁判所に赴いており、住所地を記載するだけの状態になっている。捜査員百名と機動隊二個中隊が出動を開始していた。

午後二時、倉庫と事務所に対して一斉に捜査員が突入した。

中国人グループの拠点に入る時には何よりも受傷事故防止が優先される。いかに大きな組織を検挙しても、一人のけが人を出してしまうと、この評価も水泡に帰してしまうのだ。小林は加藤の殉職以降、常に部下だけでなく自らの身体の安全を第一に考え、指導するように努めていた。

倉庫内は盗品の山であり、日本人二人と中国人三人が盗品であることを認めたため、盗品等隠匿の現行犯として逮捕され、十人の中国人が不法入国と不法滞在で現行犯逮捕された。また、会社でも社長以下六人が逮捕、従業員全員が任意捜査の対象となった。また、今回の窃盗事件に関しては、すべてが録画されていたため、被疑者等には何の抗弁の余地もなかった。

ひったくり

「高級住宅地では、そこに住む人の多くが日頃から車で移動するため、ひったくりの被害には遭いにくい」

犯罪アナリストが時折口にするが、決してそうとは限らない。このような場所では、女性や老人たちがそのターゲットになっている。

学園駅からその東西に広がる高級住宅地は、駅から最も遠い場所で二キロメートルはあるのだ。駅周辺には高級食材専門のスーパーはあるものの、商店街というものはなく、駅からすぐに放射状に広がる住宅地と、その奥に碁盤目に整地された住宅地が広がる。最近は相続税対策のためか一区画を四、五分割して分譲するところが出てきたが、戦後、一区画三百五十坪で売り出されたのが最初らしく、その名残がある地域も未だに多い。

緑に囲まれた朝の住宅街を散歩すると実に気持ちがいいものだ。木漏れ日を浴びながら高価な犬を散歩させていたり、夫婦でジョギングをする有名人にもよく出会う。

しかし、夜の高級住宅地は喧騒と無縁なだけ、街路灯の明かりが寒々と感じられることもある。

私鉄、学園駅の下り最終電車が到着するのは午前一時十五分。駅前ロータリーのタクシー乗り場には毎日行列ができる。待ち時間は早くて十五分、時には三十分以上待つことさえある。

ちょっとしたアップダウンのあるこの街だが、なるべく高低差が少ない近道を住人は知っているので、方角ごとに人の流れができてくる。

この夏、ある通りで、バイク使用のひったくり事件が連続して発生した。発生地は駅を挟んで駐在所とは反対側の、駅前交番の受持区であったが、終電がなくなるまでの小一時間は、交番にとって最も忙しい時間帯でもある。暴れる酔っ払い、痴漢、騒ぐ学生、自転車泥棒、喧嘩など一一〇番の連続だ。その間隙を縫ってひったくりが出没する。

ひったくり犯の九割以上が少年だ。彼らは二組か三組に分かれて犯行を繰り返すらしい。ほとんどが盗難バイクを使用していて、「ひったくりをするためにバイクを盗むのだ」と少年係の係長が言っていた。

高級住宅地に住む子供たちがみな品行方正かといえば、決してそうではないし、とある有名女優の息子やテレビによく出てくる学者の息子は、地元でも手の付けられない悪童として有名だ。彼らは地元の公立中学校を追われて、どこかの私立中学に転校してそれぞれ進学したが、いまだに地元や周辺の悪どもとつるんでいるようだった。

　ひったくりに対しては予防が大切で、終電後の駅では歩いて帰る女性に対して「ひったくりに注意しましょう」と声がけを行ってはいるが、「まさか自分が……」と皆が思うらしい。

　ひったくり犯を現行犯逮捕するのは、よほどの偶然が重ならない限り難しい。犯人のバイクが転倒し犯人が怪我をして動くことができなかった時とか、たまたまバイクの運転がかなり巧く、その地域に土地勘を有する強靭な体力を持つ者が、現場を通りかかった時などの場合だ。

　地域課の警察官としては、日頃の勤務を通じてひったくり犯が狙う場所や犯行に使用したバイクを捨てる場所などを分析して、事件発生時に犯人の逃走経路に先回りするか、不審者に積極的に職務質問して検挙に結びつけるしかないのだ。

　小林はこの地に来てすでに四年、多くの悪ガキどもと接してきて、中には更生して立派に社会復帰をした者や、ついにはヤクザの道に入ってしまった者をたくさん見てきた。その子たちが、時々駐在所の前で顔を合わせると、

「駐在さん、お久しぶり」

　と声をかけてくれるのだ。ヤクザになった子もその時はややはにかみながらも、

「何か困ったことがあったら言ってよ」

と偉そうに言っていく。

「おう、剛、実はちょっと困ってんだ、寄ってけよ」

剛は二十四歳で、国内最大の暴力団の構成員だ。一時は悪の世界から足を洗ったかに見えたが、今は経済ヤクザという分野にいるらしい。父親はサラ金大手の社長で、一部では闇金融の帝王と呼ばれているらしい。

「どうしたの、珍しいねえ」

ニヤニヤしながら見張り所に入ってきた。

「おう、お前もなかなか有名になったそうじゃないか。子分はいるのか」

「子分？　駐在さん、古いよ。部下って言ってよ」

笑った顔は昔の悪ガキの時のままだ。しかし、目の奥に何ともいえない凄みが宿ってきている。

「まあいい。でも、ムショに入るようなことはするなよ」

「俺は、もう、切った張ったはやらないよ。そんなご時世じゃないし、俺の方針でもないからね」

「そうか、時代はお前たちの方が早く進んでるんだろうな」

「そうだね、サツは確かに遅れてる。駐在さんに『コンピューターくらいやれ』って言われて始めたのがよかったんだな。俺、本業はプログラマーなんだぜ」

本部勤務時代の、八年前にこの剛を窃盗で捕まえた時、彼は自分の手は汚さず、手下を使って盗ませ、これを裏で売買していたのだった。当時でいう「贓物故買《ぞうぶつ》」をやっていたのだが、その時確かに「これからはインターネットの時代だ。悪仲間でコソコソやってもすぐに捕まるんだよ。足を洗ってコンピューターの勉強くらいしておけ」と言ってやったことがあった。

「そうか、余計な事を言わなけりゃよかったな」

「いやいや、まっとうな人を苦しめちゃいないよ。ところでなんだい。困ってる事って」

何かの情報でも入ればありがたいと思って聞いてみた。

「実は、このあたりで発生しているひったくりの事なんだが……」

「ああ、続いてるらしいね。隣の市の六中で暴れていた、中国からの帰国組が仲間を集めてやってるって話だね。現金以外のブツはネットに流れてるって噂だよ。グループの中にはオマワリの倅《せがれ》も入ってるぜ、きっと」

やはり餅は餅屋だった。

「そうか、中国人グループというわけか」

「昔の江戸川の怒羅権《ドラゴン》を目指してるって話だよ。しかし、地元じゃあ面割れてるじゃん。江戸川や足立じゃないんだからさ、地元じゃヤマ踏まないよ。だから出張営業してるんだろうね」

確かに、都内二十三区の中でも江戸川区、足立区の不良グループは地元で犯罪を敢行するので有名だった。それほど不良グループも多く、犯人の特定が難しいのだった。

この情報は署内の捜査本部から直ちに警視庁本部の少年事件課と組織犯罪対策課、方面本部に報告された。一ヵ月以上にわたり秘匿邀撃捜査とネットオークションサイトの監視が実施された結果、十数人のひったくりグループが検挙され、その中には確かに警察官の子弟も含まれていたという。

「ガキの内から何度もパクられているようじゃ、こっちの世界に入ったってなかなか伸びることはできないんだよ。早めに気づかせてやるのも仕事のうちだね」

後日、新聞報道を見て、剛が駐在所でまたまた偉そうに言っていた。

マフィアと呼ばれる組織

ロシアンマフィア、中国マフィア、台湾マフィア、北朝鮮マフィア等、本場イタリアのマフィア組織を真似た多くの犯罪組織が日本国内に存在している。

彼らの多くは自国の同胞をまとめ、その利益を最優先に、組織の拡大を図りながら競合する相手を潰し、様々な利権を一手に握ろうとする。当然ながら基本的なスタンスは非合法であるため、警察だけでなく、マフィア同士、国内の暴力団とも血で血を洗う抗争を繰り返すことになる。しかも、マフィアの連中は自国で軍隊による軍事訓練や殺人のトレーニングをしている者が多い。一撃必殺のテクニックを身に付けているため、犯行後の逃走も得意とするところなのだ。と言っても、抗争は二の次であり、マフィアの連中にとって最も大事なことは、組織の拡大である。

その準備段階として、最初に行われるのが、本国への送金に充てられる地下銀行の設立と、非合法に多くの仲間を呼び寄せ、日本国内で生活させるために必要な、パスポートや外国人登録証明書、国際運転免許証の偽造である。

小林は、受持区内の新築マンションに複数の中国人が出入りするのを確認した。最初に行うのが巡回連絡であることは言うまでもない。新品の外国人用巡回連絡カードに自分の指紋を付けないよう、注意深く封筒に入れ、それを持ってこのマンションを訪れた。すでに所在は確認しているので、一階のインターフォンは使用せず、六階の部屋の前まで直接行ってインターフォンのボタンを押した。

まだ、十分に日本語に慣れていない発音で答えが返ってきた。

「だれですか」

「警察です。全てのお宅を訪問しています。ドアを開けていただけますか」

「ちょっと待ってください」

ドアに耳をあてて中の様子を窺うと、数人が中国語で何か話をしている。

「今、ちょっと忙しいから、また後で来てくれますか?」

「時間はかかりません、書類を渡して書き方を伝えるだけですから」

「あ、そう」

間もなく扉が半開きになって、三十代前半と思われる、小柄な男が顔を覗かせた。

「忙しいところ、すいませんね」

優しげな話し方とは裏腹に、小林は扉を全開し、警察手帳を示しながら強引に玄関内に入り込んだ。

「私は、この周辺を担当している、山手西警察署、学園駐在の警察官で、小林といいます。日本では、防災の関係上、警察が各家庭を訪問して、家族の皆さんの名前などを記載してもらっています。地震が起きた時など、誰が住んでいたのかわからないと、連絡できませんからね」

小林は鞄の中から封筒を取り出して、応対に出た男に差し出した。男はこれを受け取ると、中の緑色の巡回連絡カードを取り出した。

「そこに、ここに住んでいる方全員の名前、生まれた年、性別、パスポートナンバー、外国人登録証明書ナンバー、本国の連絡先も記載しておいて下さい。来週また取りに参ります。ここには何人住んでいらっしゃいますか」

「三人です」

玄関に脱がれた靴の数から見て、この時少なくとも五人は在宅しているようだったが、すべてが居住者かどうかは判らなかった。緊急の連絡先である携帯番号を確認して一旦引き上げた。

一週間後、携帯電話に連絡をすると、カードができあがっている旨の内容だったので改めてマンションを訪問した。この時は男一人しかおらず、他の者の顔を確認することはできなかったが、その間にも複数の男がこの部屋を訪れていることを小林は確認していた。受け取った巡回連絡カードの記載内容を確認して刑事課鑑識係に回すと、七人分の指紋が確認された。その中に昨年、国外退去処分になった、新宿歌舞伎町を根城にする中国マフィアに在籍していた男の指紋があった。

「あの部屋で何かが行われている」

小林は国外退去処分を受けた男が、過去にパスポートの偽造を行っていたことから、あのマンションが偽造工場になっているのではないかという疑いを持った。小林は署の組織犯罪対策課のメンバーに、この部屋に対する監視カメラの設置と、部屋から出されるゴミの収集を指示した。

マンションの建物の他、エレベーター内の監視カメラのデータは管理会社の協力を得て、彼らの入居時からの三ヵ月分を任意で提出してもらい、分析を行った。

すると、入居時に量販店で買い求められたと思われる、ノートパソコンとデスクトップパソコンが二台ずつとプリンター三台が、彼らの手で搬入されていた。家財道具はほとんどなく、布団も近郊のディスカウントストアで買って、自分たちで運んでいた。

ゴミ捨ては週二回の可燃物廃棄日の午前九時頃、収集車が到着する時間を見計らって出されていることが確認された。

「あのゴミを差し押さえる必要があるな」

小林は捜査会議で言った。

「最初は任意でやってみるか」

区の清掃事務所に協力を申し入れると、労働組合が強い現場も「組織犯罪対策課」と聞いて、「暴力団」を連想したらしく、珍しく積極的にこれに応じてくれた。どうやらこの地域に彼らの背後にある極左暴力集団のアジトはないらしい。こういう〝副産物〟は公安係に知らせてやると素直に喜ぶから面白い。

ダミーのゴミ収集車を回収日にマンションのゴミ捨て場前に付けると、中国人の男が二つの大きなゴミ袋を持ってきて直接清掃員に扮した捜査員に手渡した。捜査員はこれを収集車後部の投入口に放り込み、ゴミが車内のタンクに押し込まれるのを確認して、中国人はマンションの中に入っていった。捜査員はこれを確認して、同所でのゴミ回収を中止して車両を動かした。

捜査員が乗ったゴミ収集車はそのまま警察署の裏手にある署の駐車場に入った。そこには清掃事務所の担当者が待ち構えており、回収したゴミを手際よく駐車場脇に敷かれたブルーシートに下ろした。この清掃事務所の担当者は同乗していたもう一人の清掃事務所職員とともに、警察に貸し与えた車両が違法に用いられていなかったことを確認して、収集車を持ち帰った。

捜査員は回収した二つのゴミ袋の内容物をブルーシート上に広げた。そこには複数の国のパスポートの表紙や記載用紙がちぎられていたが、シュレッダー処理はされておらず、指紋収集も可能だった。

早速、この紙片を本部鑑識課と科学捜査研究所に送った。

鑑定の結果、当然ながら全て偽造されたものであると、外務省を通じて対象国から回答がきた。東南アジアがメインだったが、英国、アメリカ合衆国も含まれ、日本をはじめ七ヵ国の偽造パスポートと日本の偽造外国人登録証明書が含まれていた。

本部の組織犯罪対策部は組対第二課を通してインターポールこと国際刑事警察機構に事件通告を行い、山手西警察署内に特別捜査本部が設置された。

署長はこの状況を喜んだ。

「しかし、こんな山の手の警察署で、よくもまあこれだけの捜査本部が設置されるものだ。それも小林係長絡みばかり」

その日から、本部員三十人を含む捜査態勢で、容疑者グループに対する完全視察と尾行が進められた。日が経つにつれ捜査員が増強され、二ヵ月後には百人近い態勢で証拠収集が進められ、捜査開始から三ヵ月、一斉摘発が行われた。

捜索場所は二十五ヵ所。逮捕状の請求は三十人を超えた。

彼らは偽造パスポートを都心の公園の便所や神社の境内など、目立たないところで手渡ししており、中国、福建省と浙江省のマフィアグループの関与が明らかとなっていた。

小林は捜査の途中から一旦駐在勤務に復帰したが、捜索差押当日は管内のマンションに令状を持って踏み込んだ。

この時は小林以下十二人が担当し、六階のベランダから何らかの手法で逃走することも考慮し、玄関から七人、ベランダ監視を一人、その他補助員四人の配置で実施した。

今回も六階の玄関前に直接訪れ、一斉突入予定時間の午前八時四十五分にインターフォンを押した。前日までの行動確認の結果、少なくとも四人が在室しているという報告だった。

「だれですか」

二度顔を合わせたことがある男がインターフォンに出た。

「おはようございます。朝早くからすいません。警察の駐在ですが」

「何か用ですか」

「はい、ちょっと見てもらいたいものがあって、持って参りました」

「見てもらいたい？　なんですか」

「重要な書類です。確認していただけるとありがたいのですが」

　小林はミカン箱ほどの段ボール箱をモニターに映るように掲げた。この大きさがあれば、ドアチェーンを外さなければ見ることができない。男は、ドアを細く開け、段ボール箱を認めるや、ドアチェーンを外した。服装は上下スウェット姿で、まだ寝ていたのかも知れない。どんよりした空気が部屋から流れ出た。

「どの書類ですか」

　小林は体を半分ドアの中に入れ、段ボール箱を玄関のたたきに置いてさりげなく、上着の内ポケットから捜索差押許可状を取り出した。

「これは東京地方裁判所が許可した、この家に対する捜索差押許可状です。これからこの部屋を捜索します。妨害をすると、公務執行妨害罪が適用されます。わかりましたね。今の時間は午前八時四十七分です」

　男は唖然とした顔をしていたが、ふと我にかえって、室内の仲間に対して大声を出した。しかし、その時には、ドアの裏に隠れていた捜査員が一斉に室内に踏み込んでいた。

　捜査員は当然ながら防弾チョッキを身につけて拳銃を携行し、先頭で入った本部の巡査部長は証拠隠滅防止用の消火器と受傷事故防止用の催涙スプレーも準備していた。

　驚いたことに、２ＬＤＫの室内には八人もの中国人がおり、二人の女性が含まれていたため、無線で女性警察官の派遣要請を乞う。「三ヵ月間、何を視察していたんだ……」という怒りが小林に生じた。

ベランダに飛び出した男一人が隣室に逃走を図った。外から監視していた担当者が補助要員に連絡した。被疑者の一人は拳銃を所持していたが、発射する前に制圧された。拳銃は三十五口径のリボルバー式の本物で実弾も六発装填されていた。その他の武器として、青竜刀、サバイバルナイフもあったが、刑事は全員が拳銃を手にしていたため、十分のうちに八人全員を拳銃共同所持の現行犯として逮捕した。

偽造パスポート作製用のコピー機三台、ノートパソコン五台、デスクトップパソコン二台、偽造パスポート用紙の他、偽造クレジットカード作製用のカードリーダーと大量のクレジットカード用プラスチックプレートが押収され、携帯電話十二台がこれに加えられた。拳銃は二丁、青竜刀二本、サバイバルナイフは十本発見された。

さらに現金六千万円以上、盗品の有名ブランドの財布などが段ボール数箱にぎっしり詰まっていた。

このアジトは中国マフィアのうち、福建省グループの各種犯罪出動拠点の一つであることが判明した。

グループのメンバーは本国で「福建土楼」という客家が造ったと言われる歴史的建造物である円形集合住宅の出身者だった。子供の頃から多くの観光客が落とす金を見て育ち、「裕福な者から金を奪うことは犯罪ではない」という思想ができあがっていたという。彼らが呼び寄せた同胞は四百人以上。その半数は不法入国であり、地下銀行を通じて本国に送金を繰り返していた。当初、彼らは日本の暴力団と組んだ蛇頭グループの配下にいたが、本国から力を持つ者が入国するや、これらのグループと袂を分かち、独自のマフィアグループを結成していた。同様のグループは福建省のそれだけでも都内にあと幾つかあるという。

一時期、警視庁の中では「中国人が三人一緒にいたら泥棒と思え」と言われ、中国からやってきた善良な留学生や社会人、観光客に迷惑をかけた時期もあった。ただ、それ以上に不法入国や不法滞在が多いのも事実だ。

「あのマンション、前から変な外国人が多かったのよね」

テレビのニュースを見ながら陽子が言った。

「気が付いていたなら言ってくれればよかったのに」

「そうなんだけど、外国人だからと言って変な目で見ちゃいけないでしょ？」

「陽子が感じる『変』って何なんだよ」

「女の勘っていうのかな、何か危険な空気があるのよ」

小林は陽子が言う女の勘を決してバカにしていない。

そこへ修平が口を挟んだ。

「このマンション、変な兄ちゃんがいる」

「おっ、また『変』か?」

小林が笑いながら尋ねると、修平は、

「ママ、ここアツキんちのマンションだよね」

「高田アツキくんね。そうよ。どうして」

「僕、何度か遊びに行ったことある。その兄ちゃんいつもジーッと僕たちを睨んでいるんだ。そしてジュースの空き缶を投げつけたりするんだ」

小林は黙って聞いていた。

「アツキも変な人だって言ってた」

「アツキ君のお母さんは何も言ってなかったけどなあ」

陽子が怪訝な顔をして修平の顔を見た。

「それでね、いつもナイフ持ってんだよ。変だよ」

小林の目が光った。

「修平、その兄ちゃんは幾つぐらいの兄ちゃんだ?」

「わかんない。大人じゃないけど大きな兄ちゃん。すごく痩せてる」

「昼間に家にいるのか?」

「そうだよ。アツキんちは昼しか行かない」

「今度、父ちゃんに教えてくれ。ナイフは危ないからな」

「うんわかった。明日、その兄ちゃんまだいるかどうか、アツキに聞いてみる」

少年が無闇にナイフを持つ傾向が頓《とみ》に増えている。事件を予防するのも警察の仕事だった。

第七章　暴力団事件Ⅱ

バカラ賭博

　駐在所の多くは大通りには面しておらず、表通りから一本奥に入った住宅地に設置されている場合が多い。この背景として交番は人目につきやすい場所、駐在所は地域住民が訪れやすい場所を想定しており、さらに駐在所は家族とともにその場で生活しているため、そうした配慮もある。

　駐在は地域住民との良好な人間関係が特に求められることから、その延長線上として住民から様々な相談事を受けるようになる。

「駐在さん、うちの孫が友達からお金を借りて、その金額が一千万円になるというんだけど、そんな事ってあるのかしら」

「失礼ですが、お孫さんから直接相談を受けられたんですか？　まさか電話じゃないですよね」

「ああ、あの振り込め詐欺っていうものね。違うわよ。孫が直接相談にやってきたのよ。まあ、お金を借りに来たんだけどね」

「そうですか。お孫さんは今お幾つですか？」

「今年、成人になったばかりなんだけど、なんだか、博打で負けたんだって」

小林の目が一瞬光った。相談に来たのは建設業界では準大手の会長夫人で、警察業務にも理解を示してくれる奥さんだった。六十を過ぎた方だが、服装も雰囲気も若々しく、陽子も「ああいう風に歳をとりたい」と、よく口にしている。

「海外のカジノで負けたのなら仕方ないですが、国内でそれだけの金額を負けるというのはおかしな話ですね。誰かに騙されたんじゃないでしょうか」

「それがね。お金を借りた相手のお父さんは警察官だっていうのよ」

昔から学校の先生と警察官の子供が非行に走る可能性が高いと言われているとおり、子供の頃から「先生の子、警官の子」として「悪いことをしてはならない」というプレッシャーを周囲から受けているうちに、突然弾けてしまう場合が多いのだ。

「しかし、警察官の子供がそんなにお金を持っているとは思われないんですが」

「でもね、間違いなく警察だって言うのよ」

「一度、私がご本人から話を聞いてみましょうか。ご両親には言えない、いろんな背景があるかも知れません。お孫さんは大学生ですか」

「はい。都内の私立大学に通っています。中学からエスカレーターで上がったのがよくなかったのかしら」

「それは問題じゃないと思いますよ。ただあまりに周囲が裕福だと、公務員の子供は背伸びしてしまうこともあります。失礼ですがご子息のお仕事は」

「一応、会社を経営しています。四代目ですが、上場している会社ですのよ」

「ああ、ご子息はご主人の会社をお継ぎになってるんですね」

「そうなんですよ。その孫も跡取りになってくれるといいんですけどね。でも学生のうちから博打をやってるようじゃ、五代目で終わってしまうかも知れませんわね」

「一度、お孫さんと話をさせて貰えませんか。ちょっと気になるところがあります」

「お願いするわ。孫にもよく言っておきますから」

都内でも未だに賭博は開帳されている。かつての賭博はヤクザ者同士やこれに関連する会社のオーナーが半ば遊び心で、それでも一晩に数百万という金を花札やサイコロ賭博で使っていた。しかし最近は機械を使ったポーカー賭博やスロットマシン、ルーレット、バカラといった、カジノ風のものに変わってきている。

二日後、建設会社社長の息子が祖母に付き添われて駐在所を訪れた。警察署の刑事部屋ではなく、民家と変わらぬ駐在所という場所が安心感を与えるらしく、制服姿の小林を見ても、青年には緊張の色がなかった。見るからにいいところのお坊ちゃんという風だが、どうしてこの青年が博打の世界に足を突っ込んでしまったのかという点に、小林は興味を持った。

小林は青年を駐在所の受付である見張り所から奥の応接室に案内した。応接室と言っても丸テーブルにちょっと洒落た感じの事務椅子が四脚あるところだが、警察の交番にある事務デスクと比べると「応接室」らしい雰囲気がある。

「小林さん、今日はこの子の父親も承知したうえで連れてきました。近々父親も挨拶に参ります。私は同席しない方がよろしいでしょうから、後はよろしくお願いします」

祖母がその場を離れると、青年は大きく息を吐いて少し緊張の色を見せた。

「ところで、名前はなんだっけ」

小林は友達にでも話しかけるような口調で尋ねた。

「ああ、申し訳ありません。植田純一郎と申します。帝都大学二年生、二十歳です」

「ほう。帝都大なら優秀じゃないの。学部は?」

「はい。経済学部ですが、僕は中等科からのエスカレーターですから大したことはありません」

「でも、帝都の経済は文系の看板学部だから、大したもんだよ。ところで、借金してるんだって?」

「はい。友人が間に入っているんですが、どうやら闇金融のようなんです」

「実際にはどのくらい借りたの?」

「三百万くらいと思っていたのですが、高金利の複利で先日一千万を請求されました。借り始めて一年くらいなんです」

「その友人も帝都大なの？」

「いいえ、彼は遊び友達で、一年の時の学園祭後にやった打ち上げで知り合いました」

「いわゆる合コンだね」

「はいそうです。僕が学園祭の実行委員会に入っていた関係で、他大学の実行委員会関係者もたくさん来ていました」

「その友達の名前と大学は？」

「はい、宮原裕樹、歳は同じで、都市大の人文です」

最近の子供達は文化祭の「打ち上げ」と称して、中学生でもファミリーレストランなどで盛んに盛り上がっている。高校生になると渋谷や六本木のクラブを借り切って打ち上げ、二次会でカラオケが当たり前のようになっていることも多い。当然、大学、しかも帝都大クラスになると打ち上げも派手になるのだろう。コンサート、合コン、パーティーなどのチケット販売は大学間のネットワークがあり、各大学に仕切り役がいて結構な商売になっている。

「それで、宮原にはどういう誘われ方をしたの？」

「一次会は六本木、二次会を西麻布のクラブでやったんですが、僕はタバコの煙が嫌いなので、二次会はすぐに出たんです。そしたら宮原が女の子を何人か連れて出てきて、『カジノバーに行くけど、一緒にどうだ』と誘われたんです。カジノはテレビでしか知らなかったので興味があって一緒に行きました」

「それは合法的な店なんだね」

「はい、チップを買って、勝った分は店にキープしておくことができるんです。当然、それでお酒も飲めるので、調子がいいと三千円で十分楽しむことができるんです。そこでいろんなゲームを覚えたんですが、中でもバカラが面白くてハマってしまいました。その時の女の子も結構勝ったし、ワリと可愛い子だったので、その後も何度かその店に行くようになったんです」

テーブルゲームとしてのバカラの面白さには、ヨーロッパで貴族のゲームと呼ばれる面も確かにあるが、実質は単純なゲームだけに高レートの勝負となる場合が多い。バカラが流行する原因はその緊張感ある雰囲気にあると言える。その最たる場面が「絞り」と呼ばれる独特のカードをめくる方法である。これは、カードをめくる際に端の方から少しずつのぞきこんでゆく方法で、カードを絞る人間の挙動やその表情に注目が集まり、当人はこれで相手にブラフをしかけるのだ。

バカラテーブルという、このゲーム専用の楕円形に似たテーブルは、大きいもので十六人掛け、小さいもので九人掛けになっている。プレイヤーはこのテーブルに着くが、勝負のレートが上がり緊張感が増してくると、テーブルを多くのギャラリーが囲む。

ゲームをするものは十分に周囲の視線を意識しながら、見栄と虚栄心に浸って、しだいにレートを上げていくのである。

「そのうちに、宮原から『本当のバカラをやっているところがあるけど、行ってみないか』と誘われたんです」

「それは、違法なバカラ賭博だという認識もあった訳だね？」

「はい。賭博が禁止されていることは知っていましたが、ただのゲームではない、本物のバカラをやってみたいと思いました」

多くの賭博常習者は金を稼ぐというより、このような遊び心がきっかけになっている場合が多いのだ。

「その場所はどこなんだい」

「はい、池袋の北口です」

「なるほど、黒人のでかい兄ちゃんが見張りをしていたろう」

「は、はい。ご存じなんですか」

池袋には違法賭博、特にバカラ賭博をやっている場所が以前から数ヵ所確認されていた。そこには体軀のいい黒人が賭場の入り口近くで見張りを兼ねて雑貨や合法ドラッグを売っている。この地域は三つの暴力団がシマを棲み分けているが、それでも時折対立抗争に発展することがあった。新興勢力が最も力を得たことがその理由だった。

「だいたいの想像はつくけどね。それで、最初はどんな感じだったんだい」

「初めはなかなか要領を摑めず、勝ちは少なかったのですが、パチンコと比べると雰囲気もスリルも格段の差がありました。それに、負けても一回、三万円を限度にしていたんです。ところがある時から何となく勝ちパターンのようなものがわかってきた気がして、十万円単位で勝つようになると、金銭感覚が麻痺してきました」

「うーん、それは奴らの手に乗ってしまったんだな。バカラに勝ちパターンなんてあるはずがない」

小林は、お坊ちゃんに諭すように言った。植田もそれは理解しているようで、

「確かにそうなんですが、一度、二百五十万円勝ったことがあったんです。それが最後の大勝ちでしたけど、それからは一回の限度額が十万円になっていました」

「勝った時のお金はどうしたんだい」

「腕時計は一個買いましたが、あとは飲み食いに使ってしまいました」

悪銭身に付かずというが、博打で勝った金なんぞはだいたいそんなものだ。小林は話を本題に向けた。

「最初に借金をしたのはいつ頃で、幾らだったの?」

「はい。バカラを始めて四ヵ月目くらい。カジノに行った回数で二十回目くらいです」

「金額は?」

「二十万円です。勝てばすぐに返せると思っていましたし、銀行にもそれくらいの預金がありました」

「なるほど。それは一日で負けてしまったろう」

「は、はい。それもわかるんですか？」

「借金までして博打をやる奴は、余裕がないからね、バカラのような相手の顔色を窺ってブラフをしかけるような種類の博打はすぐに手の内を読まれてしまうさ。相手はプロだしね」

「そうでしたか」

　植田はガッカリした顔をみせた。

「ところで、金を借りたのは店の中かい？」

「はい、店の奥にチップを現金に替える場所があって、そこのカウンターで借用書を書いて宮原から現金を受け取りました」

「その現金は、バカラ賭博に使うことをわかった上で宮原が貸したと理解していいんだね」

「はい。宮原から『一回金を回してやるから、勝負してみたら』と言われたんです」

　これは時代劇ドラマの賭場のシーンで使われる台詞とほとんど変わりがないのだが、実際にもこのパターンは踏襲されているようだった。

「そうか。それ以降も同じパターンだったのかい」

「はい。借りた金は全部その場で消えていきました」

これだけならば、この借りた金は使用目的が違法な賭博の賭け金に限定されているため、不法原因給付となり、民法上は返済する必要のない金になる。しかし、この主張を明らかにするためには、その賭博場所が現実に存在していたことを立証しなければならない。おそらくその場はすでに使われていない可能性が高かった。

小林は駐在所から池袋警察の組織犯罪対策課に電話を入れた。

「どうも、長さん、小林です」

電話の向こうには池袋地区のヤクザの動向、中でも博打関係に詳しい部長刑事が、かつての同僚の声を懐かしんでいる様子で答えた。

「キャップ、ご無沙汰しております。何か面白いネタですか」

この電話番号は警察電話の電話帳には掲載されていない番号であるため、この電話が鳴ると、刑事部屋が一瞬緊張する、情報ホットラインの番号だった。

「じつは今、そちら方面でバカラ賭博に引っかかって、金を要求されているお客が来ているんだけど、胴元の周辺者に警察官の息子で、宮原って小僧が絡んでいるらしいんだ。何か耳に入っていないかなと思ってさ」

「ああ、宮原ですか。奴は龍正会の構成員で、オヤジは五方面の某署で警務の部長ですよ。剣道の助教あがりで、こいつも評判がよくないんですがね」

警視庁には百二の警察署があり、これを第一から第十までの十個の方面に分けている。その中の第五方面は池袋警察を筆頭に、豊島区、文京区などが含まれる。警察署の警務課は署内の運営を行う中心部署で副署長の直轄管理部門であり、留置係もこの中に含まれる。警視庁警察官にとって柔道、剣道は正課となっており、各警察署にはそれぞれの指導員である助教という立場の警察官がいる。柔道、剣道の道を志した者であるから、基本的には誠実な人間がほとんどなのだが、柔道、剣道一筋のため警察実務とかけ離れてしまう。年齢制限で助教職を卒業すると、一般の警察官に戻り、昨日までの「先生」と呼ばれた立場から突然、「仕事ができない長さんや係長」に転落してしまうのだ。助教時代の彼らを知っている者は、陰に日向に応援してくれるが、助教時代の態度が悪かったり、改めて教えを乞う姿勢がない者は、総スカンを食らい、結果としてこの苦境をクリアできない者も多いのだ。

「ほう、警察官の子供っていうのは本当だったんですね」

「そうなんですよ。宮原本人もこれを宣伝文句に使っているところがあって、こちらも頭を悩ませているんですよ」

「今から、賭場の地図を送りますから、そこが今どうなっているかだけでも教えて貰えるとありがたいんだが」

「わかりました。小林キャップのご依頼とあらば、最優先で致しますよ」

小林は植田に街路地図から場所を特定させ、併せて店の内部図も書かせてファックスを送った。十分も経たずに池袋署から電話が入った。

「キャップ、その店はまだやってますよ。龍正会が持っている賭場で、近々打ち込みをやる予定なんですが、キャップもよろしかったらご一緒にいかがですか。宮原も一緒にパクるつもりでいますから。金曜の夜が多いので、土曜の未明に実行すると思います」

おそらく内偵も十分に行われているはずだった。植田が作った内部図ですぐに確認できたのだろう。

二週間後の金曜日、賭場開帳の情報を得たらしく、池袋署から連絡が入った。警視庁本部の組織犯罪対策課との合同捜査で、機動隊の支援も取り付けてあった。

捜査員はバラバラに池袋署の講堂に集まった。土曜の午前一時、視察班からの連絡によると客は約二十人、宮原もいた。これからが博打の佳境に入る時間帯だった。

賭場の周辺には暴力団員の見張りの他、例の黒人ら数名がうろついている。捜査員は隣のビルの屋上から賭場があるビルの非常階段に入る。当然監視カメラと非常ベルも設置され、扉も内部から複数の錠がかけられている。捜査員はすでにこのビルの所有者から各階のマスターキーを預かっており、突入十分前には隣のビルに二十人、現場には二十五人の捜査員が気づかれずに潜入に成功している。

「秒読み開始、スリー、ツー、ワン、ゴー」

無線機からの合図で捜査員が一斉に賭場のフロアになだれ込む。

「警察だ！　動くな！」

これと同時に屋外では、機動隊一個中隊がバス三台でビルの前に到着し、完全包囲の態勢を組み、見張り役を池袋署の刑事が片っ端から捕まえていく。逃げる者、暴れる者は完全装備の機動隊員が防弾盾で制圧していく。見事な連携プレーだ。

賭場内では呆然とする客の他、何人かは裏口から逃げようとしたが、そこには別の捜査員が待ち構えていた。

「はい、はい、誰も逃げることはできないから、落ち着いて、その場に座りなさい。おい、店の責任者手を挙げろ。どこだ」

四十代半ばの見覚えがある龍正会の幹部だった。

「ようし、こっちに来い」

幹部は非常ベルを鳴らす暇もなく、暴力団事務所に繋がる緊急連絡ボタンの前にはすでに捜査員が立ちはだかっている。捜査指揮官の池袋署課長代理の警部が責任者の幹部に捜索差押許可状を提示する。賭博開帳の現行犯逮捕であるから、現場の捜索差押は令状なしで行うことが法律で認められているため、本来ならば捜索差押許可状は必要がないのだが、令状を見せられると暴力団でさえも弱くなる。

「裁判所が認めた捜索差押許可状だ。この階の全てをこれから捜索するが、その前に一人一人から話を聞いて、ここで現に賭博が行われていたことを確認する。お前は責任者だから立会人という事になる。いいな！」

暴力団幹部はすでに諦めた表情で、

「いいですよ。どうせパクられるんでしょう」

実に素直だった。室内には植田の供述どおり、二卓のバカラテーブルがあり、これを囲むように木製の柵があって、ギャラリーが大勝負に見入っている時だったらしい。捜査員はチップが高く積まれたバカラテーブルの客に声を掛けた。

「お客さん、今、このチップで、レートはどこまで跳ね上がってるんだい？　すぐにわかる事なんだから、正直に言った方がいいよ」

客は周囲を見回していたが、誰も助け船を出してくれる様子はなかった。こういう賭け方をするのは常連の客のはずだ。

「三百五十万だ」

吐き捨てるように、その五十代とおぼしき男は言った。すかさず捜査員が尋ねた。

「現金化はどこでするんだい？」

「あのカウンターだよ」

男は部屋の奥のカウンターを指さした。そのカウンターの内側には二人の男がおり、そのうちの一人が宮原だった。捜査員の質問が続く。

「あんたは今、違法なバカラ賭博をやっていたことを認めるんだな」

「見りゃわかるだろう。言い逃れはしないよ」

「よし、そのままにしてろよ」

捜査員はそういうと、数字の「1」が書かれた番号札を首から提げさせ、カメラ担当の鑑識捜査員にその場で写真を撮らせると、自分の持ち物をまとめさせ、

「賭博の現行犯人として逮捕する」

男に告げて部屋の奥に行かせた。これを繰り返し、客の荷物を本人に持たせると、次に店員に対する事情聴取が始まった。約二時間をかけて全員に番号札がつけられると、その場で機動隊員が一人に一人ずつ付き、被疑者を捜査員と挟む形で護送用のバスに乗り込んだ。

この夜、押収した現金は一億二千万円、一人平均五百万円の所持金だったことになる。押収額はさほど大きくはなかったが、この地域では中規模の賭場だった。

賭博開帳の逮捕劇に続いて、直ちに組事務所に対する捜索が行われた。この理由の一つに挙げられるのが闇金融だった。

店のカウンター内の金庫から、借用書数通が発見されるとともに、組事務所では取り立て用のデータも発見された。小林はこの中から、植田本人の借用書を発見すると、取り立て担当の組員に対して尋ねた。

「おい、この借用書だが、確かに貸し付けしたんだよな」

この組員は闇金融の裏を知っているだけに、

「いや、貸していない。ただのメモ紙で、金の貸し借りはない」

予想どおり白を切ってきた。このデータが警察から税務署に渡ると、貸金業法違反となり莫大な追徴金が科せられるからだった。小林はまさにこの一言が聞きたかったのだ。貸していない以上、請求も取り立てもできない。

小林は取り調べ担当の刑事を呼ぶと、この発言をきちんと押さえておくように指導した。

翌日、小林は植田とその祖母を駐在所に呼んだ。

「今回は、不法原因給付ということで、弁護士を通して裁判をしてもよかったんだが、先方がお金を貸した覚えがないと言っている。まあ、勉強をしたつもりで、これからはバカな世界に足を突っ込まないことだな」

祖母は心からの謝意を述べ、孫の頭を何度も押さえつけて頭を下げさせた。植田もさすがに反省したらしく、自分でも机に頭が付くほど何度も詫びと礼を言った。

数日後、駐在所に植田の父親から銀座の一流テーラーの仕立て券付き高級服地が届いたが、小林は父親に電話を入れ、「今度はあなたが贈賄罪に問われますよ」と、これを引き取らせた。

その後、この一家とは親戚のような関係になりいろいろと相談に乗るようになった。ある日、会長宅のリビングで会長と社長が真面目な顔をして小林に言った。

「小林さん、うちの会社の総務担当になる気はありませんか?」

「いや、部下になるのは勘弁して下さい。今のままでいいじゃないですか」

これを聞いていた陽子は、

「いいお話なのに」

と笑いながら言った。小林は、笑ってそれに応えた。

なりすまし男

師走に入って世の中が気ぜわしくなり始めたころ、駐在所を顔見知りの中年男性が訪れた。彼はテレビの制作会社を経営しており、自宅にはよくテレビで見かける芸能人が出入りしていた。奥さんも感じがいい人で、娘二人が嫁いでからは犬を二匹飼って、よく一緒に散歩している。

「駐在さん、ちょっとご相談があって参りました」

「前田さん、どうぞお入り下さい」

前田氏は自分の名前を覚えられているとは思わず、驚いた様子で言った。

「いやあ、名前まで覚えて頂いて、恐縮です。実はちょっと不可解なことが続いておりまして、友人に相談したら、駐在さんに話した方がいいと言われましてね」

「ほう。前田さんほどの方なら、警察幹部にもたくさんお知り合いがいらっしゃるでしょうに」

前田氏の人脈の広さは巡回連絡に行った際、奥さんからも聞いていた。

「いや、その警察幹部の方が、駐在さんを名指ししたんですよ。全国的に有名な暴力団担当の刑事さんだったとか。私たちのような業界人にとっては心強い限りです」

「とんでもない。刑事は長くやっていましたが、警視庁内でも私の事を知っている刑事なんて一握りですよ」

小林は顔の前で手を振って前田氏の言葉を否定する形で答えた。刑事部の誰かが前田氏に入れ知恵したのだろうが、自分を名指ししたとなると、背後に暴力団の影が窺える内容なのだろうと思い、言葉を続けて尋ねた。

「それでは、本題に入りましょうか。どのような案件ですか?」

前田氏は仕立てのいいツイードのジャケットから数通の封書を取り出して、駐在所奥の来客用テーブルの上に広げた。見るとそれはいずれも信販会社の封書だった。

「実はこれは、私が知らない間になされた契約に関する信販会社からの通知で、この他にも数件電話連絡があったものもあるんです」

「なるほど、信販会社には確認されたのですね」

「はい。先方が言うには、私自身が契約したと言って『書類も全て揃っているので、確認してもらってかまわない』と言うのですが私自身全く覚えがないのです」

小林は封書に記載されている信販会社の名前を見て、どれもが大手の会社であることから、暴力団の影を見いだすことはできなかったが、これが犯罪となると、捜査第二課系の知能犯捜査にあたるのではないかと思った。

「今の段階で考えられる犯罪は、有印私文書偽造、同行使、詐欺くらいしか思い当たりません。私に相談するように言われたとなれば、背後に暴力団がいると判断されたからでしょうが、何か思い当たることはありますか？」

「実は、私はご存じのとおり、テレビドラマの制作を手がけております。ほとんどは関東近県のスタジオを使うのですが、昨年、京都で仕事をした時に地元の暴力団とトラブルになったことがあったのです」

　前田氏は沈痛な面持ちで、言葉を選びながら、慎重に答え始めた。

　京都は今、暴力団の激戦区になっている。日本だけでなく、中国や韓国の組織も進出しており、かつての祇園遊びも「秘密が守れない」という噂から、財界人が足を運ばない、厳しい状況になってきていると言われる。

「当然、何らかの金銭トラブルなのでしょうが、原因は何だったのですか？」

「はい、ある役者を使う、使わないから始まって、スポンサーに対する圧力になってしまったのです。広告代理店もこれに手を焼いて、別の暴力団に仲裁を頼んだりして、暴力団の三つ巴の争いになってしまったようです。最後は芸能プロダクションのバックにいる暴力団が介入して事を収めたようですが、これに半年以上の余計な時間を奪われてしまいました」

「なるほど。相変わらずそちらの業界は、暴力団に深く食い込まれてしまっているんですね」

「ある意味、興行の世界ですから、仕方ない部分もあるのでしょう」

「しかし、事態は収束したのですね」

「はい。といっても、テレビ局と広告代理店がスポンサーを強引に増やして、その中から手打ち金を支払ったようです。しかし、最初に私にクレームをつけてきた韓国系の組織が、捨て台詞のように『お前をスッカラカンにしてやるからな』と言ったのが、薄気味悪く記憶に残っていました」

「韓国系ですか？　芸能プロとの関係ですか？　それとも広告代理店絡みですか？」

「どちらにも繋がっていると思います。最初は役者絡みでしたから」

小林はここまで聞いて、かつて関西系の暴力団が組織的にフロント企業の信販会社と組んで詐欺行為を重ねていたことを思い出した。

「この三通の他に電話が入った会社があるとおっしゃいましたが、その社名はわかりますか？」

「はい。連絡先もすべてメモしています」

前田氏は内ポケットから手帳を出すと、メモされたページを開いた。

「これをコピーさせて頂いてよろしいですか」

小林は確認をとって、三通の文書ともコピーを取って、改めて内容を確認した。すべての信販会社の使用限度額は五百万円で七社と契約されている状況だった。大手三社以外の信販会社は連絡先の電話番号から都内が二ヵ所、大阪が二ヵ所だった。

「現時点では刑事課の知能犯捜査係が処理をする方が早いかと思いますが、私の方で、この四社のバックグラウンドをチェックしてみます。前田さんには、この契約書の原本を確認していただかなければなりません。この担当者に警察から直接電話を入れておきましょう。その際にはご同行願うと思いますのでよろしくお願いします」

小林は少し安心した様子になった前田氏を見送り、署に足を運んだ。最初に組織犯罪対策課で大手以外の四社の信販会社をチェックすると、思ったとおり四社とも関西系暴力団と韓国系組織のフロント企業に登録されていた。さらに刑事課の知能犯捜査係で同類の事件をチェックしてもらうと、警視庁本部の捜査第二課で同様の事件を扱っていることが判明した。

小林は早速、組対課長にこの事実を報告し、刑事課との合同捜査を進める必要性から、刑事課長とも相談して署長室に向かった。

公安出身の署長はすぐに興味を示した。まだ若い署長だがいろいろな事に興味を持っているし、しかも芸能界好きでもあった。

「京都の暴力団は、最近統制がとれていないんじゃなかったかな」

情報通の署長が組対課長に言った。組対課長も自分の守備範囲だ。

「はい。明治維新じゃありませんが、山口と会津に加えて広島、岡山、そして静岡からも入ってきているようです」

「なるほど、これに中国系と韓国系か。一筋縄ではいかないな。当署だけで処理できる事件じゃなさそうだ。基本的な部分を早急にまとめて本部を巻き込もう」

署長の判断は小林が考えていたものと同じだった。署長は小林に言った。

「小林係長、刑事と組対の若い係長を連れて、現場指導をしてやってくれないか。今回の事件は、おそらく被害者の住民票の移動や印鑑証明書も偽造されていると思う。一つ一つを確実に潰していく手法を教えてやってくれないか」

この署長は知能犯捜査の基本をよく知っている。小林は住民票等の偽造まで考えていなかった自分を素直に反省しながら言った。

「両課長のご指導をいただきながら、全容解明を図りたいと思います」

署長室を出ると刑事課の会議室に捜査本部が設置された。といっても刑事課三人、組対課二人と小林の六人だが、顔ぶれはいいメンバーだと小林は思った。新人女性刑事の谷口由佳も含まれていた。おそらく刑事課長は、彼女を知能犯捜査に進めたいのだろう。

当面の捜査主任官である小林は、被害者の前田氏に連絡が来ている七件についての捜査方針を示した。最初の大手信販会社は全員であたり、どのような捜査をしていくのかを現場で見せながら指導をしていくことにした。

大手信販会社に電話を入れて契約者を騙《かた》られた本人と訪問する約束を取り付けた。当然、事前に大手信販会社には指示もしておいた。

「警察が行くまで、確実に証拠資料を保全しておくように、当然指紋の採取も行いますから、関係者以外は書類に手を触れないように。また契約当日の防犯カメラの映像データも保全しておくように」

当日、前田氏を連れて大手信販会社の本社を訪れると、一同は応接室に通された。融資担当部長、管理部長、支店管轄担当課長が応対した。

この信販会社は営業項目の中に一般消費者金融も挙げており、実際に消費者金融の一面を持っていた。

契約書類の提出を受け、前田氏にその場で確認をさせると、全ての書類に記憶がなく、筆跡も全く違っていた。また、身分証明に関する保険証を確認すると、隣接区発行のものであり、前田氏は「隣接区に転出したことはない」と主張した。

全ての契約関係書類の任意提出を受け、契約担当者等の協力者指紋を採取して本署に持ち帰った。

監視カメラ映像を確認すると、被疑者は帽子を深く被り、顔を確認することができない。また素手で書類に触れている映像があったため、その紙から指紋採取を試みたが、被疑者の指紋は検出されなかった。

指紋が出てこないということは、何らかの証拠隠滅工作をしたうえでの犯行であり、おそらく他の事案でも、書類からの指紋の検出は難しいであろうことが予想された。

捜査員一同は翌日、前田氏の住民票、印鑑登録、健康保険証の状況を確認するために、捜査関係事項照会書の交付を得て区役所を訪れた。

捜査関係事項照会書というのは、警察署長に委託された任意の協力要請文書であり、これに応じてくれない自治体や企業等には、捜索差押許可状を裁判所に請求したのち、強制処分として文書の提出を受けるのだ。

区役所では全ての書類を出してくれたが、担当者はもちろん、申請者に向けた防犯カメラは設置されていなかった。国および地方公共団体の危機管理意識の低さが露呈したものだった。区役所の三部門の担当者は当然ながらこの処理に関して誰も記憶していなかった。また申請書からも区役所の窓口担当者以外の遺留指紋は検出されなかった。

ここで明らかになったのは、前田氏の住民票が三ヵ月間で四ヵ所も移動していることだった。この全ての移転先を調査し、それぞれの場所で印鑑証明書と健康保険証が発行されていたことが明らかになった。我が国の健康保険証には写真もＩＣチップも付されていない。それにもかかわらず、これが身分証明書として使用されているところに法治国家としての行政手続きのお粗末さがあるのだが、これを指摘するのは警察だけらしい。

大手信販会社の捜査結果はどれも同じ手口であり、被疑者に行き着くものは何一つ見つからなかった。捜査は暗礁に乗り上げたかと思われた。現時点でこれ以上の捜査手段が見つからなかった。小林はその他のフロント企業四社との契約行為に何らかのミスがあるのではないかと考えた。しかし、下手な捜査を進めれば、組織的に証拠隠滅を図る可能性さえある。このため、この四社に対しては捜査関係事項照会書ではなく裁判所からの令状を得て捜査を実施することにした。

この段階で、前田氏に対する貸付金は二千万円を超えていた。おそらく、あと数件はこの手口を使っているだろうという予測がついたため、大手信販会社、銀行系消費者金融、大手自動車ローンの各社に内々で情報提供を依頼した。

それから間もなく、名古屋の大手自動車会社から連絡が入った。

「前田様名義の新規ローン契約の申し入れがあり、今週中に回答する旨の連絡をしている」

ローン契約申請者の連絡先は携帯電話で加入者をチェックすると、この電話はプリペイド式のもので、契約者は中国系組織のフロント企業であることが判明した。

「チャンスだ」

小林は言った。

「被疑者はまだ警察がどこまで動いているのかわかっていない。もうひと稼ぎしようと考えているのだろう。ここで潰すしかない。フロント企業四社は後回しにしよう」

臨機応変な指揮が捜査では大事なことだが、これが大きな捜査本部になればなるほど小回りが利かない。小林は、たった六人の捜査本部をありがたく思った。そしてこの段階で本部の捜査員投入を決断した。捜査開始から二週間が経っていた。

署長はこのタイミングを理解し、本部への根回しを快く引き受けてくれた。所轄の課長では本部の窓口はいいところ管理官か事件指導担当の管理官なのであるが、署長が動けば最低でも理事官もしくは本部の課長自身が動いてくれるのだった。この署長のすごいところは人脈であることがこの時わかった。実際、署長はそのまた上のキャリアの刑事部長、組対部長に電話を入れた。組織内で、このような頭飛ばしの行為は決して褒められる行為ではなかったが、それをこの地位でできる署長に恵まれたことを小林は素直に喜んだ。小林自身、両キャリア部長と面識があったため、この事件の捜査は極めてスムーズに進んだ。上司に恵まれることは部下をも活かすのだ。

ただこの時、一つだけ条件が付いた。全国指導官の小林の捜査技術を、愛知県警察の捜査員に見せてやることだった。署長も小林もこれに何の異議もなかった。

翌朝一番で、捜査第二課と組織犯罪対策第四課の管理官が署を訪れ、総勢四十人体制の捜査本部が署内に設置された。捜査第二課長は刑事部の課長の中では唯一のキャリアで、階級も警視長。刑事部ナンバー2の地位である刑事部参事官を兼ねた地位でもあった。

この席で小林が二週間の間に捜査した資料が示されると、本部の管理官は口を揃えて小林の捜査能力と分析力を高く評価した。捜査漏れが全くないのだった。組対の管理官は小林が全国指導官であることを知っていたが、捜査二課の管理官は、

「こんな優秀な警部補がまだ所轄に埋もれていた」

と素直な感想を述べ、それも駐在だと知って顎が外れるほどアングリと口を開けた。捜査第二課が刑事部のエース的な存在であることを自負しながらも、二課よりも更に仕事ができる捜査員の存在に驚いている証拠でもあった。署長は、この様子を笑顔で眺めながら、

「管理官、うちの組織もまだまだ捨てたものじゃないんだよ」

と笑いながら言った。

自動車のローンの設定は信販会社と自動車メーカーが共同審査する場合がある。今回はまさにこのパターンであり、小林が依頼していたネットワークに被疑者が引っかかったことになる。

捜査第二課の管理官を中心に被疑者おびき出しの計画が練られた。

自動車ローンに詳しい捜査員が、自動車メーカーの審査担当者に成り代わって対応するという手法だった。

捜査第二課、組対四課の捜査員とともに所轄捜査員六人も名古屋に飛んだ。未だに被疑者の顔すらわかっていない。ただ、被疑者の携帯電話は今も使われており、名古屋市内で使用されていることは電話会社から一日三回のチェック結果によって明らかになっていた。

名古屋に入ると、まず、愛知県警本部に顔を出した。県警本部長は警視庁の刑事部長を経験したことがあり、捜査第二課の管理官もその顔をよく知っていた。

「この度は全国指導官の現地指導を受ける機会に恵まれ、感謝していますよ」

県警本部長は柔らかな物腰で言った。そこには、やはりキャリアの若い県警捜査第二課長と、たたき上げの組織犯罪対策第四課長が同席していた。組織犯罪対策第四課長はすでに小林の名前をよく知っていた。全国最大規模の暴力団組長の本拠地が名古屋にあったからだ。この組の幹部クラスでさえ「鬼コバ」の名前を知っていた。しかし、本部長室に六人並んだ警視庁捜査員の中に小林が入っていることに気づかない。この時も小林は紺色ブレザーにライトブルーのボタンダウンシャツ、ノーネクタイでベージュのチノパンに茶のタッセルシューズという、男性ファッション雑誌から飛び出してきたようなスタイルを見事に着こなしていた。他の者が全てスーツにネクタイを締めているのに比べ、この百八十センチはあろうガッチリした男の格好だけが気になっていた。

組織犯罪対策第四課長が捜査第二課の管理官に、名古屋弁混じりの言葉で尋ねた。

「えろうすんまへんが、今日は、小林指導官はみえてないのですか」

管理官はニコリと笑って小林を指さす。

「ここにいる、伊達男《だておとこ》が『鬼コバ』です」

「ええっ」

組織犯罪対策第四課長は驚きの声をあげ、無礼なほど、小林の頭のてっぺんからつま先まで、まじまじと眺めて、思わずため息をついた。

「おみゃあさんが『鬼コバ』さんでしたか」

組織犯罪対策第四課長もご多分に漏れず、暴力団対策をする警察官の服装は、やはりそれなりの迫力あるものが当たり前だと思っていたのだった。彼自身、決して似合わないサイドベンツでダブルの上着を日頃から着用していた。

「まあ、あんじょう頼みますわ」

そう言うのがその場では精一杯だった。


三日後、自動車ローンの審査と称して、捜査員が被疑者に電話を入れた。

「前田様でいらっしゃいますか？　こちらは名古屋自動車ローン担当の原田と申します。この度は当社の自動車ローンにお申し込みありがとうございます。つきましては当社窓口で最終チェックをさせていただきたく存じまして、ご連絡させていただきました」

「あ、そう。審査は通ったのかな」

「はい。審査に問題はございません。ありがとうございます。最終的に当社の車をご購入頂く関係で、保険会社との契約をして頂く必要から、一度窓口においで頂きたいのですがお時間はいかがでしょうか」

「いつならいいの？」

「前田様のご都合がよろしい時間で構いません。ただ、当方も担当がありますので、予めお時間をお決め頂けますとありがたいのですが」

「明日でもいいけど。午後一番くらいかな」

「ありがとうございます。それでは、当社は名古屋駅前のタワービルになりますが場所はご存じでしょうか」

「ああ。ホテルが入っている大きなビルでしょう」

被疑者が十分に土地勘を有していることがわかる。

「さようでございます。ビル二階のローン受付で、私、原田がお待ちしております」

「わかった。明日午後一時頃に行きます」

「はい。お待ち申しております。あ、前田様、申し訳ありませんが、ご印鑑と印鑑証明書をお持ち頂きますようお願い致します」

「わかったよ」

被疑者の口調から警戒している様子を窺うことはできなかった。これで被疑者が現れるかどうかが問題だった。しかも、この男が一連の事件すべての犯人という確証はない。犯人がグループの存在も可能性として残されていた。

翌日、名古屋自動車名古屋支店融資課では、午前中から捜査員が警戒に当たっていた。被疑者が下見に来る可能性があったからだ。

また愛知県警本部の職員は、警視庁捜査員の役割分担に関する資料を受け取り、電話の受発状況、防犯カメラ映像をリアルタイムで、名古屋自動車名古屋支店を見渡すことができるビルの一室から見学していた。

「まあ、警視庁だからこんな捜査ができるんだろう」

当初、県警捜査員の第一印象はその程度だったが、その場に居合わせたのは指揮官を目指す警部補以上の者ばかりのメンバーだけに、次第にその周到な準備と、捜査態勢作りに驚かざるを得ない状態になっていった。

これまで大手信販会社で撮られていた防犯カメラの映像から、被疑者は四十代から五十代で、いずれも帽子を被っている。うち二件はハンチングであとの一件は種類が違うソフトハットだった。

午前十一時半、ソフトハットを被った四十代半ばの男が来客用扉から二階店内に入って、周囲を見回した後、店から出て行った。この状況を見ていた小林ら捜査員は、目配せで行動確認要員に合図を送った。容疑者が下見にきたのを確認したのだった。早速、公安出身の捜査官が容疑者の尾行を始めた。

公安出身の捜査官はさすがに尾行のプロだった。

小林自身、以前、自分を尾行するように命令し、自分では巧《うま》く巻いたつもりだったが、最後の最後まで追跡され、途中で読んでゴミ箱に捨てた夕刊紙まで持って来られた時はさすがに驚いた。彼らは普段から尾行対象者が途中で投げ捨てたタバコの吸い殻まで収集する訓練をしているらしかった。彼らに言わせれば「そのタバコに何らかの暗号やサインが隠されている可能性がある」と「漫画の見過ぎでは……」と小林が思うことを平気で言うのだ。「そんなことが本当にあるのか?」と、小林がからかい半分で聞いてみると、彼らは「かつてのソ連スパイは実際に通信手段として使ってました」と平気な顔をして言うのだ。

捜査員は容疑者を見失うことなく尾行し、途中公衆電話から掛けた電話番号まで確認し、さらに容疑者が公衆電話の上においてきた新聞を持ってきて、そこにメモをした電話番号と併せて架設者を照会してくる。公安の抜け目なさはこの辺りによく表れている。

定刻に前田氏を騙る容疑者が再び現れた。共犯者が行動を共にしている様子を窺うことはできなかった。

ローン担当に扮した捜査員が丁重に容疑者を応接室に案内した。容疑者は全く疑う素振りもなかった。応接用の個室に入ると捜査員が、契約書を取り出しながら言った。

「前田様、ご足労いただきまして誠に申し訳ありません。今日は、最終チェックということで、車両保険に関する審査となります。申し訳ありませんが身分証明書とご印鑑、印鑑証明書をご用意願います」

容疑者はポーチバッグの中から印鑑ケースと財布を取り出した。財布はオーストリッチ製の分厚いもので所持現金も百万円近いぶ厚さがあった。印鑑と財布から印鑑証明書、健康保険証を出して提示した。

「これでいいのかな」

「はい。結構でございます。健康保険証をコピーさせていただいてよろしいでしょうか」

「ああ、いいよ」

捜査員は一旦部屋を出て他の捜査員に合図をした。応接用個室内の会話は全て録音しながら、捜査員全員が装着しているイヤフォンの通信機に無線で送られていた。捜査員は仲間の配置を確認すると、コピーした用紙を持ってもう一人の捜査員とともに再び個室に入った。

「前田様、一点ご確認なのですが、前田様のご職業は番組制作会社社長でよろしいでしょうか」

「そうだね。プロダクション社長がいいかな」

「わかりました。ところで、実は前田様と同姓同名の方がいらっしゃいまして、困ったことに生年月日までご一緒なんですよ」

「ほ、ほう」

男の目に明らかに狼狽の色が窺えた。捜査員は続けた。

「前田様、現在、運転免許証はお持ちではありませんか」

「ああ、今持ってない。先日財布を落としてしまって、その中に免許も入れてたんだ」

「さようですか」

捜査員は前田氏を騙る男の両手の指に注目していた。指先に接着剤のようなものを塗って指紋を隠しているのだった。男は焦りを隠せない様子で、

「今日は、融資の手続きができないということか。それなら、今度免許を持ってくるから、今日は帰るわ。俺も忙しいんだ」

席を立とうとした時、捜査員は男の肩を押さえて言った。

「そうはいかないんだよ。あんたには逮捕状が出ていてね。まだ名前がわからないので『被疑者不詳』とはなっているんだが、まあ、すぐにわかるだろう」

「な、なんだって。ふざけるな」

そこに、さらに二人の捜査員が入ってきた。そしてその一人が言った。

「大沢昇だな、有印私文書偽造同行使の容疑で逮捕だ。もう、ネタは挙がってるんだよ、諦めな」

小林だった。小林は午前中に被疑者が名古屋自動車に入った際、秘匿で写真撮影を行い、

警察庁に照会をしていたのだった。広域暴力団組員だった。

　その後直ちに捜索差押許可状を取り、大沢の自宅や所属する組事務所を強制捜査した結果、一連の犯罪に関する多くの証拠物の他、他人名義の国民健康保険証などが押収され、組織ぐるみの犯行であることが明らかになった。

　その手口は、被害者が会社を辞めたことにして健康保険を国民健康保険に切り替え、これを取得するために住所地を変更してそこに送付させるやり方だった。多くはサラリーマン金融から百万円単位で金を借りる方法を用いたが、自動車ローンは三百万円以上が設定でき、さらにこれによって入手した車を海外ブローカーに転売することも行っていた。

「やっぱ、てぃやーしたもんだで。警視庁も凄いが、やっぱり全国指導官の指揮能力ちゅうのは、どえりゃーもんだ」

　県警の組織犯罪対策第四課長は興奮すると名古屋弁がひどくなる。

「あんな人が一人おるだけで、どえりゃー戦力だで」

　これをきっかけとして、愛知県警から警視庁への研修と称する交換人事が実現することになった。愛知県警の捜査員は極めて優秀で、これを受けた警視庁もいい意味の対抗意識を持つという、相乗効果が表れるようになった。

「警視庁の思うつぼだったかな」

刑事部長が警視庁の組織犯罪対策第四課長に告げた。

「もう、駐在を卒業してもらいたいんですがね」

四課長の言葉に刑事部長は諦め顔で答えた。

「しかし、この情報も小林さんが摑んできたものだろう。本部にいてはできないことだ」

「県警もこの駐在刑事を知ったら、腰を抜かすでしょうね」

「それができるのが警視庁なんだよ」

刑事部長は感慨深げにそう呟いた。


「いやー前田さん。早めに知らせて下さったので、全面解決することができましたよ。ありがとうございました」

「何をおっしゃる。流石ですよ。こんな駐在さんが近所にいることは、住民にとってもありがたいことです」

数日間、駐在所を空けてしまったことを小林は反省したが、その間、妻の陽子が学童整理をしていてくれたことがわかった。

「小学生の子たちが『あれ、おまわりさん病気?』って心配してたわよ」

「そう。それでなんて答えたんだ?」

「『出張してるけど、すぐに帰って来る』って言っておいたわ」

「そうか。ありがとう」

「ところで、なんのお土産もないの?」

「ああ。名古屋は、ひつまぶし、串カツ、味噌煮込みうどん、きしめん、現地で食べるものはあるが、持って帰るものがなくて困る」

「あっそ」

翌日の朝食は何も用意されていなかった。

死体なき殺人

閑静な住宅街を騒がす事件が発生したのは師走の慌ただしい時期だった。建物全体に施したクリスマスのイルミネーションを競う、新興富裕層の家々が並ぶ一画だった。ITバブルの後、IT長者と呼ばれた者の多くは都心の一等地のマンションを購入したが、一部のグループは山手西の一画にあった食品工場跡地を買い上げ、一区画三百五十坪に区分けした土地を二十世帯分分譲した。

IT産業の先駆者と呼ばれた高木弘之は六本木の高層マンションの他、この分譲地を二区画購入して一流デザイナーが設計したという住宅を建てた。土地だけでもゆうに二十億円を超えたが、建設途中から多くのマスコミや建築家のタマゴたちが、この要塞のような家を見学に訪れていた。七百坪の土地を高さ三メートル以上の白壁で囲み、壁の最上部にはモダンな紺色の瓦が載っている。その内側には木々を植えており、色彩的にも周辺の環境に気配りを見せていた。

高木はＩＴの他、経営、投資能力にも優れ、総額数千億円と言われる資産の運用でも定評があった。当然ながら彼はセキュリティーに十分気を配っていたが、警察を信用することはなかった。安全も金で買えることを彼はアメリカでの生活の中で身に付けていた。彼の周りには常に数人のボディーガードが付いており、移動は常に車両を利用し、彼が街を歩く姿を見た者はいなかった。

その高木の邸宅の前で騒動が起こった。

三十代後半の独身貴族である高木は、この新居で毎月パーティーを開催していた。彼は毎週六本木のマンションでもパーティーを開いていたが、月に一度のガーデンパーティーが彼の自慢だった。そして事の発端は、その高木主催のパーティーに訪れた客の路上駐車だった。最初にパーティーが開催された九月、一一〇番通報で駐車の苦情の訴えを受けた小林は、高木邸を訪れた。その時高木は、

「客には車で来ないように伝えておいたんだが、迷惑をかけて申し訳ない」

と頭をさげて、直ちに持ち主を呼んで車両を移動させた。十月、十一月のパーティーの際は騒音の苦情が一一〇番で入ったが、小林が訪れた時には何の騒音、騒動もなく、一一〇番

通報者も自分の氏名を名乗らなかったため、嫌がらせの可能性もあると小林は判断して、現場処理の報告をしていた。

その日、日曜日の午後から始まったパーティーはこれまでとやや様相が異なっていた。駐車の苦情の一一〇番通報が入ったのは午後零時十分。小林が高木邸を訪れたのは通報から十五分後の零時二十五分だった。なるほど高木邸の前には、ＩＴ関係者が乗るとは思えない黒塗りのセルシオ二台とキャデラック二台の四台が駐車しており、そのうちの二台はナンバープレート回りや、バンパー回りを金で飾った、一見してヤクザもん好みの車両だった。小林が駐車車両に近づいて確認すると、先頭のセルシオには運転手が乗っていた。

全てのナンバーをチェックして車両の所有者を署のリモコンに照会し、その結果を組対課の四係に連絡する手筈を取って、運転手に職務質問を行った。自転車を車の前に停め、運転席側の窓ガラスを叩くと、運転手はナビに搭載されているテレビに見入っていたらしく、制服姿の小林を見て、胡散臭そうな顔をして窓を開けた。

「おまわり、何の用じゃ」

言葉は明らかに関西系だった。

「駐車の苦情で一一〇番が入ったんでね、様子を見に来たんだが。後ろの車もあんたの仲間のものかい？」

「今、ちょっと挨拶に来ただけじゃ。おまわりに用はねえよ、帰れ帰れ」

「そう言われて帰る警察はいないんだよ。運転免許証を見せて貰おうか」

「なに？　何の理由でお前に見せなきゃならねえんだ、おおっ」

どうやら、まだチンピラに毛が生えた程度の二十代後半の男だったが、東京の警察官に対する口のきき方を習っていないらしかった。といっても、制服の警察官に対しては都内のヤクザの場合でも、階級章を見て態度を変えるのが普通だ。警部補以上の警察官の場合、刑事あがりの地域警察官が多いことをよく知っているからだった。

「兄ちゃんよ、ここは東京なんだよ。どこの田舎から来たのか知らんが」

小林はややきつめの、しかもなかばからかうような口調に変えた。すると、このヤクザは挑発に乗ってきた。

「おまわり、いい度胸してるじゃねえか、われ、わしらのことを知らんから言うとんじゃろうけど、あまりなめた口きいとんじゃねえぞ、おおっ！」

意気がる運転手を眺めながら、小林はさらに挑発する。

「兄ちゃん、元気いいなあ。しかしよ、お前たちのこと知っても、こちらは何にも怖くもなきゃ、ビビりもしないんだよ。どこのもんだ？　関西か？」

なにわナンバーの車両であることをすでに確認している小林は、質問に切り替えた。

「おお、上等じゃ。われ、こっちは菱和会の本家筋のもんじゃ。わかったか」

「ほう。しかし、菱和の本家筋の割には世の中知らねえ奴だな。『下手に警察にたてつくな』とは習ってないのか。まあいい、それより運転免許証を見せろ。同じことを何度も言わせるな。後からおまえのエンコを貰ってもこっちは何もうれしくもないんだ。感染性廃棄物の処理は金がかかるんでな」

冷静に、しかも冷酷なほど平然と言う小林の態度に我慢ができなくなったのか、運転手は車から降りると、今にも小林につっかかってきそうな勢いだった。しかし、小林が思ったより大柄で、体も相当に鍛えている様子を見て、やや腰が引けたようだった。

「おい、俺に指一本でも触れたらその場で逮捕するからな、よーく考えて行動しろよ」

「おまわりに手を出すほどバカじゃねえよ」

運転手は振り上げた拳を降ろす機会を失ったような、曖昧な笑いを浮かべて、再び車に乗り込もうとした。小林はすかさず言った。

「運転免許証はどうした」

運転手は嫌々ながら車のコンソールボックスから運転免許証を取り出し、小林に差し出した。小林は運転免許証と運転手の顔を見比べながら、運転手に、

「ここ数年でだいぶ顔が変わったなあ、澤野さんよ」

ポツリと呟きながら、運転免許証の内容をメモし、リモコン席に個人照会を依頼した。照会の結果、関西でも第二の勢力を誇る広域暴力団の構成員で前科、前歴が六件あった。二十九歳で、住居侵入、暴行二件、傷害に続き、出資法違反、背任と粗暴犯から経済犯に移行し

ているこ とが罪名から見えてくる。

「ほう、駆け出しの経済ヤクザか。そのお前たちが、ＩＴ企業家に表敬訪問とはわかりやすい付き合いだな」

小林はからかい半分、探り半分で運転手に聞いてみると、運転手はポロリとこぼした。

「おまわり、わしらはこの業界では古参なんだ。お前らよりもずっと進んどんや。なめんなよ」

「そりゃそうだろう。ＩＴ業界の先駆者と呼ばれる高木の家に、それもプライベートなパーティーに乗り込むんだからな。まあ、招待客とは思えんが」

「親分はちゃんと招待されとんや、ぼけ。親分の代わりに兄貴が挨拶してやっとるだけじゃ。もう用はないやろ、いねや」

「ほう招待客か。それはまた確認してみるが、駐車違反は別ものだ。早めに車を動かすように、兄貴に言っておけ。あと十分経って動いていなかったら切符切るからな」

小林は運転手に念を押してその場を離れた。その場から二十メートル離れた所に見覚えのあるワゴン車がエンジンをかけて停まっていた。本署の組織対策課が借り上げている車両だった。リモコンからの照会結果を聞いて視察に飛んで来たのだろう。その横を通り過ぎながら運転席を見ると、班長がピースの合図をしていた。後部座席ではビデオカメラと望遠カメラでヤクザものの動向を撮影していることがわかった。小林が自転車でゆっくり周辺を一回りしていると、組対課の視察車両から無線が入った。車四台が出発した旨の報告だった。小林は撮影結果を本部と警察庁に照会するように指示した。

翌日、小林は、高木が暴力団の組長にパーティーの案内状を出していたという事実関係を本部組織犯罪対策第四課を通じて確認していた。小林は何か黒くうごめくものがＩＴ長者の背後にあるような気がした。

それから三週間が過ぎた頃、組対第四課から思わぬ連絡が入った。

先日、高木邸に来ていた暴力団員の一人が都内で貸金業に伴う恐喝容疑で逮捕され、その後、この男が仲間の暴力団員を殺害した旨の供述を始めたというのだった。

この供述を始めた暴力団員は小林が職務質問をした二十九歳の運転手だった。殺害した男が留置場の中でも夢に出てきて、ノイローゼ状態になっていたらしく、捜査員に殺害事実を自供していた。殺害を認めてからは夢を見ることなく、現在は平静に戻っているという。

小林がこの男の個人照会をした結果が情報管理課の記録に残っていたため、本部から連絡が来たのだった。あの時から僅か三週間しか経っていないことを考慮すると、この殺人事件がＩＴ長者の高木絡みで何らかの事件に進展する可能性があると小林は考えた。逮捕署に特別捜査本部が設置され、小林も非常勤でこれに組み入れられた。

捜査資料を確認した小林は、殺害された男もあの高木のパーティーに来ていたことを知り、事件の背後にあるものと高木が関わりを持っていることが小林には確信に近いものとなった。

その理由には、高木が関西の経済ヤクザとして名が通っている暴力団組長にパーティーの案内を出していたということがあった。また、殺された暴力団員はIT関連の未公開株でボロ儲けをしていたとの情報も得ていた。被疑者の澤野道夫は殺害を自供したものの、その動機については供述が二転三転しており、死体の遺棄については「自分ではない」と言うだけで、遺棄場所を知らない様子だった。

捜査本部は当面の「貸金業に伴う恐喝事件」を二十日間いっぱいの勾留の末に起訴、引き続き殺人容疑事件で再逮捕する方針を決めるとともに、事件の全容を捜査することとなった。

小林は、被害者が得ていたIT関連株の全容を解明する捜査を進めた。

上場間もないこのIT企業は業界内でも優良企業として知られるが、親会社の、しかも大株主に高木の会社があった。いわゆる「社内ベンチャー」から起業した会社だったのだ。このため小林は、このベンチャー企業の設立から、株式上場に至る間のベンチャーキャピタル、幹事証券会社、監査法人、証券代行、危機管理担当などの業者を徹底的に調査した。

捜査の結果、あらゆる部門で関西のヤクザとの絡みが出てきた。ITの寵児と言われた高木自身が多くの新興IT企業の上場やM&Aにかかわるインサイダー取引に関与し、多くの裏金がヤクザに流れるブラックマネーとなっている事実も把握できた。

どうやら、高木のパーティーの席上で、殺された暴力団員の不正が証明されたようだった。株の不正取引には善意の第三者を装う多くの者が介在したが、小林たちは、これを一つ一つ潰していった。

この一連の捜査で、多くのＩＴ企業の未公開株による裏の金の流れが明らかになっていった。その手口は、譲渡制限が付いた未公開株が会社に知らされることなく転売されていたものを、最終的に暴力団の圧力に屈して会社側がこれを追認するというものだが、そうした状況が恒常化していた。しかも、その度に株式の分割が行われ、暴力団に対しては不必要な増資が行われ、濡れ手で粟の金が高木の関係する多くのＩＴ企業から暴力団に流れていたのだった。

警視庁は証拠隠滅防止の観点から捜査の迅速化を図るため、捜査第二課を捜査に投入し、本格的な組織捜査に乗り出した。この事件を受けて東京地検刑事部は、相応の態勢を敷いたが、地検特捜部も興味を示し、検事正判断で高木に関する案件は地検特捜部をも巻き込むかたちとなった。

事件が大掛かりになる中、小林は澤野道夫の殺人事件に関する取り調べを担当させられることになった。未だに死体が出てこない事件だった。ここから新たな捜査の展開も考えられていたため、重要な役割でもあった。

「久しぶりだな澤野。経済ヤクザさんが、元のチンピラヤクザに戻ったか」

小林の第一声に、澤野は取調官の小林を見た。しかし何も思い出すことができないのか、小林の顔をさらにじっと眺めていた。小林は、再び口を開いた。

「思い出せないかな。ほれ、高木の家の前で、俺に運転免許証を見せたろう」

これを聞いて澤野はびっくりした顔をして言った。

「な、なんであの時のおまわりがここにおるんや」

小林は、ニヤリと笑って答えた。こんな時の小林の笑顔には凄みがある。

「警視庁の小林だ」

この名前を聞いて、澤野の顔が引きつった。

「なに、小林？　まさか、あ、あの、鬼コバか……」

このクラスの連中でさえ、「警視庁の小林」と言うだけで、すでに蛇に睨まれたカエルのようになるのだった。小林はさらにニヤリと笑ったが、これがヤクザにとっては無言の圧力以上の重圧になる。

「へ、変装して見張られとったんか……」

澤野はぽつりと言った。澤野の顔にあきらめにも似た表情が浮かんだ。小林はこの瞬間を逃さない。脅しの中にも情を込める取り調べはヤクザ者にも効果的だった。

「澤野、もうみんなわかっている。今、お前がやるべきことは、奴を成仏させてやることだけだ」

　そう言っておいて、小林は東京地方裁判所が発布した逮捕状を澤野に示した。殺人容疑で再逮捕するとともに、形どおりの弁解の機会を与え、弁護人選任権を告知して弁解録取書をあっという間に作成する。続いて、供述拒否権を告げて、一気に本格的な取り調べに入った。澤野はこの時、弁護士についてはゆっくり考える旨の供述をした。

「自分の口で言ってみろ。高木の会社にも、社内ベンチャーの新会社にも、捜査の手が入った。お前たちが食い物にした会社は間もなく足元から崩れていくだろう。それともムショから出てきた時の事を考えてるのか？」

　――澤野は自分が小林を中心とする警視庁の組対四課の捜査員から泳がされていたのだという錯覚に陥っていた。どこまでシラを切ることができるのかわからない不安感に襲われていた。

　小林は澤野の心の動きが手に取るようにわかっていた。

「そんな先のことは考えちゃいねえ。相手があんただと知りゃ、上も諦める」

「ほう、そんな有名人になってるとは思わなかったがな」

「言うたる。何でも聞きや」

　被疑者がこのような投げやりな言い方をする時こそ、取調官は気をつけなければならないことを小林は十分に知っていた。「こいつ何か隠す気になっているな」一流の勘が瞬時に働いた。

「澤野、一人で背負っていこうなどとは考えないことだ。お前はまだ弁護士に殺しの件は話していないだろう」

――澤野は上目遣いに小林を見た。

「こいつにはかなわねえ……」そう思いながら、話の切り出し方に困っていた。

その間、小林は両腕を組んでじっと目を瞑っている。しかし、その目を瞑った姿勢も澤野にとっては不気味だった。得体の知れない不安感が体中を覆っていった。

これまで出会った刑事とは全く違う威圧が目を瞑っていても伝わってくる。「これがあの『鬼コバ』なんだ。親分クラスからも伝説のように『そんときゃ諦めな』と言われている男。この男が出てくる時は観念するしかない」澤野は考えれば考えるほど諦めの気持ちが強くなった。


頃合いを見計らって、小林が口を開いた。

「お前がやった男は、相当裏の金を摑んでいたようだが、その金も回収できたらしいな。その裏取りがあの日だったわけか」

小林は想像で言っただけだったが、どうやらこれが本質を突いたようだった。

「あいつは組織を裏切りよったんや。やっちゃあかんことをやりよったんや」

「殺されても仕方ないことをやったわけか」

「そうや」

小林は澤野の顔をジッと見ながら聴取していたが、澤野も顔色一つ変えずに答えた。

「しかし、その男の悪霊に憑かれてしまったわけか？　相当惨《むご》い殺し方だったんだな」

澤野は一瞬ブルッと体を震わせて答えた。

「裏切り者は仕方ない」

「お前一人でやったのか」

「そうや」

答えた澤野の目が宙を泳いだ。小林はあの高木邸に来ていた暴力団員の中から、澤野と年齢が近い、傷害の前歴がある男の名前を二人挙げた。

「清原と長田も一緒にやったんだろう」

「どうして……」

——澤野は思わず、小林の顔を見て呟いた。

どこから仲間の名前が漏れたのか……もう、上層部が喋ってしまったのか……疑心暗鬼が澤野を襲った。

「澤野、みんなわかっていると言ったろう。思い出したくはないだろうが、ゆっくり思いだしながら話をして貰おうか」

小林の顔の凄みが増した。

「べ、弁護士を呼んでくれ」

澤野は明らかに狼狽していた。

「ああ、呼んでやる。誰を呼ぶんだ？　組長に『澤野がいよいよ仲間の殺人事件のことを喋るから弁護士を呼んでやってくれ』とでも伝えるか」

相手の立場を知り尽くした冷酷な一言だった。澤野は一瞬恐怖に顔が歪んだ。

「な、なんやと……汚ねえ」

「何が汚いものか。人殺し野郎にそんなことを言われる筋合いはない。それよりも、こっちは仏さんの事をよく聴きたいしな。どうせわかることだ。弁護士の件は今すぐにでも組に話を通してやる」

小林は「お前がどうなろうと俺の知ったことじゃない」という演技を、まるで役者のようにやってしまう。いい営業マンがいい情報屋であるように、いい取調官はいい役者になるくらいの才能が必要だった。

「ま、待ってくれ、弁護士は後でいい」

澤野はしばらく天井を睨み、そして目を瞑った。二、三分ジッと目を瞑る澤野を小林は静かに観察していた。こういう時に被疑者の癖が出てくる。被疑者は必死で自分と闘っている。組織を守るか、自分を守るか……その間で必死に悩んでいるのだ。澤野は目を瞑ったたまま、眉間に何度か縦皺をよせた。右手で何度も鼻を擦り、右足で貧乏揺すりをするようになった。小林はこの澤野の姿を見て「案外気が弱い奴だ。虚勢を崩せば早く落ちるパターンだろう」と読んでいた。頃合いを見計らって小林は、動いた。

「うおっほん！」

狭い取調室中に響く咳払いをした。澤野はびっくりして飛び上がった。小林の後ろで取り調べの立会役としてついていた捜査員も椅子から転げ落ちそうになっていた。小林は顔色一つ変えず、

「どうもこの部屋は乾燥していかんな。次からは加湿器を用意しておこう。な、澤野」

さりげなく言って、澤野の顔を覗き込んだ。澤野は小林から視線を外していたが、そこには怯えに似た表情が浮かんでいた。小林は何も問いかけず、澤野の顔を凝視していた。澤野の額に汗が滲んできた。澤野がふと小林の目を見た時、小林の目力は極限の強さで澤野を射抜いていた。

澤野は怯んだ。そしてポツリと言った。

「わ、わかった。話す」

——殺害は若頭の命令で、組員の清原、長田、澤野の他にもう一人の幹部と四人で行った。場所は都内の空き室になっている貸事務所だった。まさに殺すことを前提とした制裁で

あり、殴る蹴る、指を切り落とすという行為を数時間かけた凄惨なものだった。

被害者は途中、何度も謝罪し、ピンハネした金の隠し場所、銀行口座、通帳、印鑑、さらにその金で買った車や隠れ家、囲っている女の名前まで明らかにした。

澤野ら四人は被害者の死を確認すると、遺体の処分を考えた。コンクリートに詰めて海に捨てることも考えたが、もっと確実な方法を思いついた。これはオウム事件の時にも行われた、電子炉で死体を灰になるまで燃やして処分する完全犯罪を目論むやり方だった。

組のフロント企業に幾つかの産業廃棄物の中間処分場を持つ会社があった。そこは車両から感染性廃棄物まで処分できる施設を持つ会社だった。しかし、その具体的場所を澤野は知らなかった。殺害に加わった幹部の支配下にある会社だったため、清原と長田が廃棄に同行して、澤野は殺害現場のクリーニングを指示されていたのだった。

翌日、小林は澤野の供述に基づき、殺害場所に鑑識課を派遣して捜査した結果、残留していた血痕や毛髪から被害者のものと同一のＤＮＡを検出した。

またルミノール反応検査を実施したところ、致死量を超える流血があったことが推定される結果が出た。

澤野の供述をもとに、残り三人の逮捕状を請求し、翌日これを執行した。

取り調べには組対四課の猛者が当たり、数日後には全員が自供するに至った。しかし、遺体なき検証であり、公判維持ができるだけの証拠固めが必要とされた。死体なき殺人事件が広報されると売名目的の弁護士が飛びついてきた。

このような事件に一番力を発揮するのが鑑識課と刑事部捜査一課だった。全国警察の中でも科学捜査の精鋭を自負する両者である。組対四課は元刑事部捜査四課だった経緯から、刑事部長も捜査協力を積極的に申し出た。警視庁が総力を挙げた捜査態勢となった。

小林は他の共犯者の裏付け資料とするべく、共犯事実に関する意思決定や指示命令など、澤野の供述を細かく聴取した。何と言っても澤野は自白している。それに捜査協力をしているとなれば、ものの七年で出所してくる可能性もあるのだ。そうした澤野の立場も考慮に入れた取り調べだった。

当初、三人の共犯者は頑強に否認を続けた。死体そのものが存在しないことを知っているからだった。しかし、捜査員は粘り強かった。共犯者の一人の自宅にあった靴から被害者の血液と同じＤＮＡを発見するに至ったのだった。一人の供述が崩れた。殺害行為は澤野の供述と一致した。そして死体の遺棄場所が特定できた。これまで警察が考えてもみなかった死体遺棄の手法であり、今後、このやり方が様々な事件で一般的になることが心配された。

遺体を処理した焼却場では廃棄物を一週間にわたって千五百度以上の高熱で焼却処分するため、金属以外はほとんど灰になってしまう。たとえ感染のおそれがある血液や、これが付着した金属、ガラスであっても完全に金属片、ガラス固形物に変わってしまうのだ。当然ながら、人骨のようなカルシウム固形物は灰にしかならない。それが、数十トン単位で、金属やガラスは再処理場へ、その他の灰はコンクリート原料とともに再生されるか、最終処分場に廃棄されるのだ。廃棄処理された数十トンの灰の中から同一のＤＮＡを捜すなど「サハラ砂漠の中からまったく同じ種類のサソリを二匹捜せ」というようなものである。しかし、この時はたまたま、澤野の共犯者らが灰にした死体を含む百トン弱の廃棄物を東京湾の中央最終処分場で確認することができた。捜査員が大量に投入された。まさにサハラ砂漠のサソリ状態で、十日間連続の捜索が行われたが、結果は空しいものだった。人骨は粉になってしまっているのだった。

捜査本部はこのような処理の仕方をすれば死体を残さぬ死体遺棄が可能であるという逆説的な結果を出す実証を求められ、実際にモノを燃やしてその結果を調べる焼燬《しょうき》実験をすることとなった。苦渋の選択であったが供述証言を立証することが最大の目的に変わった。そこで、件《くだん》の中間処分場を使用して、動物の骨の中で最も硬い部類に入る豚の全部位の骨格を焼却処分することによってどれだけの残存率があるかを実験した。一週間後、豚の骨は見事な程の灰となり、骨格としての形が残ることがないことが実証された。

この結果を目の当たりにした捜査員は、命の尊さとともに儚さを身にしみて感じた。また、この実験に立ち会った被疑者四人も思わず身震いする場面が見られた。無機質な金属片などを埋める粉となった生物の名残りの姿が、あまりにも生命の存在と乖離した光景だったからだった。

　被疑者たちは、公判廷でも事実を認めた。

　駐車の苦情という一一〇番通報がなければ、この捜査が全面解決に辿り着くことができたかどうか……小林は地域警察の重要性を改めて感じていた。


「ほう、いいにおいがするな。今日のおかずはなんだい」

　陽子も初めて作った料理に今日は自信があるらしく、

「特製スペアーリブよ」

　と偉そうな言い方をした。

「何だ、そのスペアーリブって？」

　小林は聞いたこともない料理の名前を復唱して尋ねた。

「まあ、楽しみにしてなさいって」

　食事のテーブルは華やかだった。

「へえ、骨付き肉か。これがスペアなんとかってやつか」

「スペアーリブだよ父ちゃん」

「なんだ？　修平だってさっき覚えたんだろう」

　知ったかぶりをしている修平をからかうように小林が言うと、修平は怒った顔をして答えた。

「違うよ。僕がアッキのところでご馳走になって美味しかったから、ママにお願いして作ってもらったんだよ」

陽子が笑いながら言った。

「修平が一番先に知ってたんだよね」

「うん。そうだよ」

得意げな表情や口を尖らせて文句を言う修平の姿が、亡くなった父親の加藤にだんだん似てくるのを、小林は温かい眼差しで眺めていた。

「ところで、これって何の肉なの？」

「豚よ。肋骨の周りのお肉をスペアーリブっていうのよ」

「豚の骨かあ……」

ほんの一瞬だったがスペアーリブに伸ばしかけていた小林の手が止まった。

第八章　事件の解決

一家殺人事件

小林は駐在勤務と組対第四係長の兼務を続けながら、二年前に受持区内で発生した一家三人殺人事件の捜査を独自に進めていた。特捜本部は未だに継続され、当時の捜一管理官は当署の副署長になった後、この春、三多摩の副署長に横滑りしていった。本人は刑事部理事官か機動捜査隊長に昇格することを公言して憚《はばか》らなかっただけに、署員一同溜飲が下がる思いがした。ようやく人事のお偉いさんも、あの警視の無能がわかったのだろう。その後の署長、副署長は比較的温厚な人達だったが、署長は人事と交通畑の人で、捜査はあまり得意ではない様子だった。副署長は相変わらず捜一出身者で、二件の殺人、一件の警察官の拳銃奪取、計三件の特捜本部対策を兼ねた人員配置だった。

一家殺人事件の特捜本部は現在三十人体制にまで縮小されていたが、あまりに多い証拠物と、犯人のものと思われる遺留品の分析も未だ完了していなかった。当然ながら、当時の犯人が少年ではないかと考える捜査員はいなかった。但し、犯人の遺留指紋や血液が残されており、DNAの特定もできていた。

小林は刑事組対課長の了解を得たうえで地道な作業を続けていた。刑事組対課長は来年定年を迎えるため、本人の希望もあって山手西署に残留していた。警視の所轄課長としてはセンスもよく捜査能力もあるのだが、警視に昇任した際に部下の不始末とこれを庇《かば》っていたことが露見し、懲戒処分を受けていた。そのため、組織内では警視庁本部に戻ることができずに所轄を五年ごとに転勤していく「人工衛星」と呼ばれる位置に十年間以上追いやられてしまったのだった。

小林が「この惨殺事件の犯人は少年ではないか……」と考える理由は幾つかあった。その最大の理由があの極めて残虐な、子供の顔面でさえ何度も斬りつけた異常さにあった。制御不能の状態に陥ったようなこうした行動は、いわゆる「キレる」少年に多く見られるパターンだった。大人の覚醒剤による錯乱状態でもあそこまで残虐になることはない。そして凶器となったサバイバルナイフの使用も、ゲームでしか知らないナイフを持ち歩く子供独特の感覚に近かった。かつて、サバイバルナイフを操るのは自衛隊経験者か、ボーイスカウトでも高度な指導ができる者に限られていたものだった。また、犯人が犯行後にとった、犯行現場での長時間にわたる居残りや、パソコンを使いながらケーキを食べるなどの異常な行動。犯人は犯行後、現場で何をしていたのか。

こうした疑問と、遺留品に対する小林なりの分析から、小林はこの犯行は少年によるものではないかと推理していた。当時十七歳から十八歳と推定していた犯人は、今や成人を迎えている可能性も大きかった。

一方で小林は残忍な殺害行為をも正当化するカルト宗教による事件背景も考えてみたが、それはおそらく、公安がやっていることだろうし、少年捜査を終了してから取り組もうと考えていた。

小林が課長の了解を得て独自に行っていた、被害者が犯行時に履いていたスニーカーに着目した捜査は、少しずつではあるが進められていた。当時、韓国に修学旅行に行った都内、神奈川県内の高校は十二校。そのうち八校が行き帰り制服着用だった。当時の在校生の個人データを任意で提出してもらうのが第一の難関だった。警視庁山手西警察署の刑事というだけで、多くの人がこの一家殺人事件を連想してしまうのだ。おまけにその後発生した拳銃奪取事件も世に知られている。

小林は学校に対しては、組織的なひったくり事件捜査という触れ込みで協力を依頼した。ほとんどが私立の学校だけに「協力はするが、個人データを渡すわけにはいかない」という条件で、生徒名簿の提出やコピーは拒んだ。任意捜査であり、しかも個人情報保護のご時世だけに、それは仕方なかった。

小林は連日学校に通って名簿を閲覧し、その中身をパソコンに入力していった。これが手書きだったら昭和のテレビドラマに出てくる刑事のようであるが、それでも、中にはこの小林の姿を気の毒に思ってか、そっとコピーを渡してくれる先生もいた。

八校、四年分のデータを集めるのに、半年近くを要した。膨大なデータになっていた。ありがたかったのは在校生の学籍簿には血液型が記載されていたため、犯人以外の血液型は除外できた。

この中から学習塾の個人データと照合を始めた。学習塾といっても、年間コースから春期講習、夏期講習、冬期講習、直前講習、模擬試験会員を含めると膨大な数だった。この個人データは、特捜本部の名前を使って、小林の秘匿チームのメンバーが捜査関係事項照会書に署長の職印を受領して学習塾から集めてくれた。捜査関係事項照会書というのは強制力を伴わない、いわゆる「ご協力をお願いします」という任意の依頼事項を記した公文書で、所属長名で相手方に提示する。

小林は被害者と接点を持つ可能性がある者をピックアップした。この結果と高校のデータを照合すると二百二十人が該当した。

「この中に犯人がいてくれればいいのだが……」

祈るような気持ちで小林はデータをプリントアウトした。

データは様々な選択肢毎にソートをかけていた。その中で日頃から手持ち用にしているのは住所によって分類されたものだった。

「近い所から始めようか、遠い所から始めようか」

近くは山手西管内、遠くは神奈川県の大和市だった。

「これは遠い所から始めるべきだな」

最後に遠い所が残ってしまうと、気持ちが萎えてしまいそうな気がしたのだった。管内は仕事のついでに見ていけばいい。小林の孤独な闘いが始まった。

捜査はスタートの日から躓《つまず》いた。最初の三人のうち、一人は海外留学、一人は仙台の大学に入学していた。「こりゃいつまで経っても終わらないな」百人と面接するまでに一年近くかかった。途中「もしかすると全く見込み違いの捜査をしているのではないか」という自問自答に悩むこともあった。それから約半年で五十人との面接を終えた。パソコンのエクセルデータの最初の縦の欄に「×」印が増えていった。すでに三分の二にこの印が付いていた。

巡回連絡強化月間に入ったある日、月に一、二回当たる第一日勤の勤務日で、小林は朝から受持区の巡回連絡を実施していた。小林が担当している区域には三千四百世帯、九千人が居住している。小林はこのうち一戸建ての九百世帯は全て家族の誰かと面接し、マンション等の集合住宅も六割は面接を終えていた。しかし、百世帯はなかなか会うことができなかったり、転出入の関係で未把握になってしまう分は仕方がないのが実情だった。

小林は未把握の世帯を優先して巡回連絡を続けた。幸いこの日は日曜日ということもあって、朝から二時間で五軒の未把握世帯が解明された。地域警察官の受持責任という立場から、これほど嬉しいことはなかった。何の色気もない、ただ未把握世帯を解明したいという気持ちがよかったのかも知れなかった。

午前中だけで九軒の新規把握ができたのだ。半日でこれだけの実態解明は実質的に驚異的な数字だった。行き掛けの駄賃というわけではなかったが、駐在所への帰り道にある大きなマンションに立ち寄った。ここは以前、中国人の窃盗団が拠点としていたマンションだった。このマンションはこの地域にしては比較的住民の入れ替わりが激しいところで、小林自身、マンションの管理会社やオーナーを通じて、現在居住している住人の把握には努めていた。しかし、部屋の又貸しや、先般のように会社ぐるみで犯罪に使われてしまうと、実際に面接をしてみないことには誰が住んでいるのかわからないのが実情だった。

オートロック式の玄関であるため、小林は管理人に予め聞いているその月のマスターナンバーを入力してマンション内に入った。この時点で、このマンションの未把握は六世帯だった。一階に設置されている集合郵便受けをチェックして最上階の十五階から順に訪問を開始した。各玄関前にある、電気とガスのメーターは来る度に使用度数をメモしているので、居住実態は概ね把握することができる。最初の部屋は電気メーターの回転が遅く、冷蔵庫が使用されている程度であることが想像できる。一応玄関チャイムを押したが、反応がなかった。「学園前駐在の小林です」と記載してあるポストイット式のメモ紙に、巡回連絡カードの提出協力依頼と連絡先を書いて玄関脇に貼った。これも案外効果がある手法で、五〇％を越えるくらいの確率で、その後駐在所に必要箇所を記載して届けてくれるのだ。

名前と連絡先さえわかれば、あとは電話をかけて約束をとりつけて直接面接に行けばいい。

二軒目は十一階だった。ここの一一〇一号室は小林の息子、修平と同じ学校に通っているアツキ君の家だった。小林は部屋番号で大体の内部構造がわかる。この部屋は3ＬＤＫの角部屋で七千万円台の物件だ。夫婦揃ってテレビ局勤務で、年収は二人で四千万円は越えるだろう。奥さんの収入だけでも小林の倍近いことは、やはり受持区に居住する他のテレビ局員から聞いているので想像はつく。彼女は以前有名なキャスターだったが、現在は制作のプロデューサーになっていると、妻の陽子から聞いていた。ご主人は社会部記者で当然ながら小林のことは警視庁記者クラブを通じて知っており、アツキ君の家とは、かみさん同士の繋がりながら、父親同士も町会行事等を通じて面識があった。

そのアツキ君の家の三軒隣が未把握の世帯だった。玄関脇の電気メーターは勢いよく回っている。この家も3ＬＤＫだが、ここはベランダが広く角部屋ではない。チャイムを鳴らすと中から若い男の声がした。

「はい」

「すいません。山手西警察の駐在ですが、鴻池《こうのいけ》さんのお宅でしょうか？」

「はいそうです。何か？」

ぶっきらぼうな話し方は若い男性に多い。

「あの、以前から巡回連絡カードをポストに投函させていただいていたのですが、その件でお伺いしました」

「僕は何もわかりませんが」

インターフォン越しの会話が続いた。

「それでは、今、新しいカードをお渡しいたしますので、後日で結構ですからご記入いただけるとありがたいのですが」

「受け取るだけでいいんですか？」

「はい、一応、趣旨だけ説明させていただきます」

二重ロックの鍵を開け、ドアチェーンが外れる音がして扉が少し開けられた。中から痩せた二十歳くらいの一見陰気そうな、しかし、目の奥には何とも言いがたい鋭さを持った男が小林の顔を上目遣いに覗いていた。

小林は制服警察官らしく挙手注目の敬礼をし、名刺と、制服姿であったがあえて警察手帳を示した。

警察官の行動は警察法第七十条を受けて、「警察礼式」として国家公安委員会規則に定められている。この礼式の中に警察官の礼式というものがあり、室内の礼式と室外の礼式がある。この礼式の基本が敬礼であり、敬礼の方法も細かく規定されている。

制服の警察官が着帽して右手をこめかみ辺りに当てる敬礼を「挙手注目の敬礼」という。これは制服警察官独自の敬礼の方法であり、よくテレビドラマなどで私服の刑事が挙手注目の敬礼をする場面が見受けられるが、これは礼式第三十条の「私服員の敬礼」に反する行為で、実際に行われることはない。

「初めまして。私はこの地域を担当している警察官で、小林と申します。学園前の駐在所をご存じですか？」

「ああ、知っています」

「巡回連絡というのは……」

趣旨をかいつまんで説明し、巡回連絡カードと、記載後に入れる封筒を手渡すと、

「ああ、わかりました。親に渡しておきます」

「ところで、鴻池さんは、関西の鴻池財閥と何かご関係があるのですか？」

「いえ、全く関係はないと思います」

小林は鴻池という苗字を思い出していた。そう言えば、例の卒業生名簿の中にも「鴻池」という名前があった。

「そうですか。余計な話をして失礼しました。ところで、あなたのお名前は？」

「ユウキです」

「えっ、どういう字を書くの？」

「しめすへんに右、と喜ぶです」

「鴻池祐喜さんか。失礼だけど、英進学院という学習塾に通ってなかった？」

「ああ、中三と高一の時行ってましたけど、どうしてですか？」

「いや、珍しい名前だから記憶にあったんだよ」

鴻池祐喜の目の奥に影が覗いたのを小林は見逃さなかった。

「それじゃあ、親御さんによろしくお伝え下さいね。この封筒に入れて駐在所か近くの交番に預けてくだされば結構ですから」

「ああ、わかりました」

小林は封筒を受け取ろうとする祐喜の左手の親指と人差し指の間を注視した。そこには明らかな切創痕が残っていた。それは深さの割には医者で縫合の処置を受けていない傷だった。小林は緊張を隠すように、わざとらしい笑顔を見せて、挙手注目の敬礼をしてその場を辞した。


小林は鴻池祐喜のデータを再確認した。彼は中学、高校と川崎市内にある私立校に通っていた。川崎市と言っても京浜工業地帯の海岸線沿いから東京多摩市に程近い新百合ヶ丘駅方面までかなりの広さがある。祐喜が通った学校は東京都世田谷区との間に多摩川を挟んだ川崎市の高級住宅街を有する地域にある比較的新しい進学校だった。

中学校は世田谷の経堂にある区立小学校から受験していた。中学入学当時の成績は優秀だったが、次第に落ちていった。中学三年の一学期には英語の点がほとんど取れていなかった。この時点で学習塾に通うようになり、塾でも英語を集中的に勉強した様子で、三年の卒業試験では同学年で上位の成績を残すほどになっていた。この結果、高校へも無事進学できるようになり、高校一年の成績は中の上、このままの成績があれば、有名私立大学にも推薦で入学できる学力評価だった。しかし、高校二年の夏休み明けから成績が急降下し、欠席日数も増えていた。これとほぼ同時期に彼は学習塾をやめていた。高校は何とか卒業できたものの、どちらかといえば体よく追い出されたような格好だった。大学受験はしていない。

高校二年時の担任は祐喜のことをよく覚えていた。彼は世界史が好きで、世界史の授業には必ず出席し、試験の点数もほとんど満点に近かった。また、英語も極めてよくできていたが、夏休みを境に勉強を放棄するようになったという。進路指導や保護者面接でその原因について話を聞いたところ、「もう、大体の英語はわかるから、勉強する必要はないし、英語が嫌いになった」と答えていた。学校の対応に問題があったのかと尋ねたが、「学校は関係ない。自分の問題」と語ったという。

彼が高校二年の正月にあの事件が発生するのだが、その後の三学期は世界史の授業以外、ほとんど登校していなかった。「学友はほとんどおらず、学校が楽しい場所ではなかったのだろう」と話していた担任の顔を思い出した。この担任は有名な宮司の息子で、その跡を継ぐべく伊勢にある神官を目指す専門大学を卒業したが、在学中に倫理教育に突然目覚め、教師になったと笑いながら言った。その中で、彼は祐喜のことを「夏休み以降の祐喜は暴発するおそれがある少年だったので、母親に要観護の状態であることを伝えていた」と答えていたのが印象的だった。その理由について尋ねた時、彼はこう答えていた。「子供の頃に受けた強いトラウマがあるのかも知れませんが、授業中に彼を少し厳しく注意した際、日頃はおとなしい彼の目に得体の知れない陰湿な翳りが浮かんだことがあったんです。その直後に校内のガラス数枚がメチャメチャに割られる事件が発生しましたが、私は彼がやったものと今でも思っています。それ以降、彼を人前で叱っていません。個人的に諭すように言うと素直に受け入れるのです。倫理教育を行う立場から、ああいうタイプの子特有の感性が何となくですがわかるんです。人前で恥をかかされることに対する極度な怒りの爆発。そして爆発した後は極めて短時間で平静に戻る。親御さんにはその点をお伝えしたのです」

祐喜の父親は大学教授、母親も助教授という教育家族だった。現在の住居には祐喜が高校卒業と同時に家族と一緒に転居してきていた。祐喜には妹が一人おり、彼女は都内でも一、二を争う有名私立女子高校に通学していた。

小林はその後二週間をかけて鴻池祐喜の調査を行った。金曜日の夕方駐在所に戻ると、刑事組対課長の携帯に電話を入れた。

「小林係長、どうしたの？」

「実は三人殺しの件で、一人、気になる人間が浮上したんです」

「なに。今からすぐに行く」

「課長、まだそこまでの段階ではありません。月曜で結構です。それまでに報告書を作成しておきます」

「わかった。月曜朝イチで署に上がってきて下さい」

「了解」


「小林係長、先日の話を詳しく聞かせてくれないか」

月曜日の朝、刑事組対課長は出勤して小林の姿を認めるや、小林の席に来て小声で言った。

「はい。一応報告書も作っています。奥の調べ室で話をしてもいいですか」

「ああ。そうだな」

調べ室に課長と係長が二人で入るのは、係員の人事絡みの話と相場が決まっている。小林は係員に余計な詮索をさせないように、小林が特殊捜査用に使っているパソコンを持ち込んだ。通常、捜査で使用するパソコンは警視庁情報管理課から貸与されている捜査管理システムが搭載されたもの以外使用することはできない。しかし小林には全国指導官という肩書きがあるため、特殊事件に関しては特別に使用が認められていた。なぜなら、全国警察の捜査ソフトは未だ統一されておらず、その先行事例として警視庁が平成十五年から独自運用をしているのだ。しかしこのシステムにも未だに懸案事項が山積しており、全国共通システムの導入にはまだまだ時間を要する。

小林はパソコンを開いてデータを見せながら言った。

「まず、鴻池祐喜は事件発生時高校二年生で、その前年の秋、事件二ヵ月前に韓国に修学旅行に行っています。その学校では、旅行の行き帰り、つまり全員集合する際は制服を着用し、羽田からのチャーター便で韓国入りし、半日観光した後、ホテルにチェックインした段階で私服への着替えを認めています。帰りは全くその逆のパターンです」

「なるほど。係長が最初に言った条件に合致しているわけだな」

「はい。そして、その中で私服用の靴を持ってくるのを忘れた生徒が十人近くいたそうです。ジーパンに黒革靴は合いませんからね。その時、南大門《ナムデムン》の傍にある南大門市場《シジョン》で安い靴を売っているという話をガイドがしてくれて、ほとんど全員がそこで靴を購入したそうです」

「ほう。そこには例の、何と言ったかな、あのメーカー」

「ジャックセンサーです」

「おう、それそれ。そのメーカーのものはあの当時、そこで売っていたのか?」

「はい。その確認は捜査本部の方で取れています」

「なるほど。それと、具体的な容疑はどうなんだい?」

　小林はパソコンのデータ表を示しながら言った。

「まず、同人の高校二、三年の健康診断の結果と血液型です。身長、体重は鑑識のデータに合致します。百七十センチ、五十五キログラムは痩せ形でしょう。犯人のウエスト六十センチ未満というところもデータ的に符合します。また血液型のB型も実は少なかったんです。二百二十人のうち現在百七十人まで調べましたが、B型は今のところ二十人しかいないんです。これだけは覆りませんからね」

「まあ、雰囲気はわかった。しかし、それだけじゃないんだろう?」

「はい、彼は被害者の奥さんの方から個人授業を受けていた可能性が高いんです。それも自宅で」

「なに。あの自宅に行ったことがあるというのか?」

「はい。彼女が個人授業を施した生徒は延べ百二十人で、そのデータは彼女のパソコンに残っていましたが、その名前をイニシャルやニックネームで書いていたので、それが誰であるかほとんどわかっていなかった。彼女は自分が勤務する学習塾の中から、将来を期待するか、なにかやり甲斐を見つけたような生徒をピックアップしていた形跡があります」

「うーん。捜査会議でそういう報告はあったなあ」

「はい。そのデータがこれですが、ここに『勇気くん∞』というのがあります」

小林はパソコンのエクセルデータのその欄を示した。

「これは彼が中学三年から個人授業を受け始めたことを示しています。そして、この数字を見て下さい」

個人のデータには受講の経緯、当時の学校試験の成績、コメント、指導方法が記されており、その後の試験の成績がグラフで示されている。

「この数字と、実際に彼が中学、高校で取った英語の試験の成績がピッタリ一致するんです」

課長は頷きながら言った。

「ものすごい成績の伸びだな。教え方でこんなに変わるモノなのか」

「はい。このコメントにも『勇気くん凄い！』と記されています。勇気の後に∞マークが付いたのもその辺りにあるのではないかと思います。高校二年一学期の期末テストは九十七点を取っています。先生のコメントも『バカ！　なんでこんなケアレスミスを！』と書いてますね」

課長は何度もデータを見比べながら尋ねた。

「この『勇気くん』が『鴻池祐喜』であることは、まず間違いないだろう。状況証拠的にはよく理解できるが、物証が問題だな」

小林は鑑識課と法医学教室の主任教授、さらに担当検視官のデータを示した。

「課長、『犯人は左利きで自らの手を凶器のサバイバルナイフで負傷した疑いがある』というこの結果です。彼の左手、親指と人差し指の間には大きな切創痕が残っているんです。それも、子供の頃の傷ではありません」

「そうか……」

課長は呻《うめ》くように言って言葉を続けた。

「秘匿で紋を採ってみるか。ヒットした時のことも考えて、照会は捜一課長、鑑識課長にだけ知らせるように極秘でやらなきゃならんな」

「はい」

「その前に親父と副をどうするかだ」

課長同様に、小林もそこが悩みどころだと思った。紋を採るとは指紋採取のことをいい、ヒットは指紋照合の結果犯人のものと一致することをいう。親父と副は署長と副署長のことだ。もし、この話を署長にするとなると、順番を考えて副署長にも話をする必要がある。しかし、捜一出身の副署長は自分の手柄のように本部の理事官に報告することだろう。しかし、この山手西に限っては「捜査一課の皆々様」という評価は地に落ちている。そうさせてしまったのは捜査第一課と人事第一課の幹部の意思決定に他ならなかった。「所轄の野郎ども」の意地でもあった。

「俺も最後の花道に生安部長に相談してみるか」

課長が笑って言った。生活安全部長。階級は警視長。たたき上げの最高ポストで最後には警視監という最高の階級まで登りつめることができる立場だった。小林の妻である陽子の父もこの後任に座る可能性があった。

「課長は生安部長をご存じなんですか？」

「ああ。初任科同期で俺が場長、奴が副場長だった」

「はあ。初めて伺いました」

今は警察の教育制度が変わったが、警察に入って最初の教育の場所が警察学校であり、当時はそのスタートを初任科と言った。警視庁では明治時代の第一期から現在は一二〇〇期を越えており、その期別が年齢を問わず先輩後輩の関係になる。通常「〇年度入社」というのが一般であるが、航空会社のフライトアテンダント同様、警察では期別が最も重要視される。その年の事情によって、二クラスから多いときには十二クラスが一つの期になり、これが同期の仲間になる。このうちクラス名は担当教官の名前が頭について、クラスを「教場」と呼ぶ。したがって「第一〇一四期高木教場」というと一〇一四期で高木警部補が担当教官のクラスを指す。警察学校は職業訓練学校であるから「学生」でいいのだが、当然、警視庁巡査を拝命した後であるから、給料をもらいながら学生の身分となる。その学級委員長が場長で、副委員長が副場長なのだ。

取り調べ室から出た二人は、周囲の捜査員の目を気にすることなく課長席に向かい、そこから生活安全部長に電話を入れた。さすがに警視庁本部の部長級になると小林でも直接電話を入れるのは気が引ける。それだけ公的な立場としても上級なのである。課長は別室と呼ばれる秘書室に電話を入れ、部長の所在と、いま電話を受けることができる状況かどうかを確認した。部長担当の秘書役の警部補が取り次ぎをしてくれた。

「おお、藤岡どうした？」

「今時お前に連絡するのはお願い事しかないだろう」

いくら階級が変わっても、二人の時は『お前、俺』で済むのが同期の仲だった。

「何を言ってる。お前がお願い事なぞ一度もなかったぞ。俺が頼むばかりだ。何か大事なことみたいだな。今、山手西の課長だろう？」

「そうだ。最後のお勤めだ」

「それは俺も同じだ。俺は今年辞めるけどな。ところで電話で済む話か？」

「できれば会って話したい」

「今日でもいいぞ。午後二時から三時の間は空いている」

「そうか、そしたら三十分空けてくれ。二時からでいい」

「おう。待ってる」

課員の目が驚きに満ちていた。若い課長代理の警部が露骨に言った。

「課長は寺山部長とどういう仲なんですか？」

「ただの同期だ」

含み笑いをしながら課長が言った。人事の話ではなく、全国指導官の小林がまた大きなネタを持ち込んだのだろうという、妙な安心感のようなものを課員の顔に見てとることができた。


「失礼します」

「何言ってんだ。入れよ」

藤岡課長は部長室を入り口からひととおり眺めて言った。

「うちの署長室の方が広いんじゃないか?」

「おまえのところは特別だよ。バブル最後の遺産みたいなものだ。まあ座れよ」

そう言って、秘書役の女性一般職員に温かいコーヒーをブラックで持って来てくれるように依頼した。叩き上げでもこのクラスまでくると、大体の者は人間もできている。

「ところでどうした?」

「ああ。例の一家殺人事件のホシが割れるかも知れん」

「なに?」

寺山部長は思わず声をあげた。警視庁の未解決事件の中でも特異な事件だけに、刑事部長が交代した際には必ず現場に足を運ぶものの一つだからである。

「どのくらいの可能性なんだ？」

「実はまだ確定した訳じゃない。かなり疑わしいという程度だ。ところが厄介なことに、特捜本部の歴代指揮官がどうしようもない」

「スタートが悪かったからな。おまけに正月三日だったし、あの当時の管理官は出来が悪かったからな。今なおその傾向はあるが」

寺山部長も捜一課長を経験している。捜一課長、新宿署長、三方面本部長、刑事部参事官、警察学校長、東北管区刑事部長、警視庁生活安全部長という、叩き上げのスーパーエリートらしい、一年交替の人事異動を経験していた。

「所轄が捜一をバカにしてるんだよ。『何が皆々様だ』ってな」

「もうそんな時代じゃないだろう？」

「いや、捜一の連中がそんな態度なんだよ」

「そうすると、特捜以外の捜査員が拾ってきたヤマなんだな？　もしかして小林か？」

「そのとおりだ」

寺山部長は腕を組んで顔を天井に向け「うーん」と唸って目を瞑ったまま言った。

「駐在刑事《デカ》か。刑事部長も組対部長も奴を欲しがってるんだが、これぱかりはどうしようもない。そのホシが当たりだったらまた大騒ぎだな。特捜の面子《メンツ》もマル潰れか」

「それは仕方ないんだが、小林にしても自分の手柄にしたいわけじゃない。奴は組織のことを考える事ができる男だ」

　寺山部長は目を開けて藤岡課長を見て言った。

「なにか名案があるのか？」

　藤岡課長は頷きながら答えた。

「近々、ホシの紋を秘匿で採る予定なんだが、この照合を極秘でやりたい」

「それはそうだろうな」

「もし、これが当たりだった場合が問題だ」

「捜一課長と鑑識課長には俺から話すか」

「そうしてくれるとありがたい。その場合、小林から注意報告書を上げさせるから、その対処を迅速にやってもらいたいんだ。そのためには今の指揮官では話にならん」

「わかった。紋の結果を待とう」


　一般的に秘匿の指紋採取は証拠性が乏しい。このため採取の状況をビデオ等で撮影して、これが適正な手続きでなされたことを捜査報告書で裏付けなければならない。

　小林は同僚の栗原以下三人とチームを組み、二交代の視察態勢を組んだ。

　視察を開始して数日後、そこに修平がアツキ君と現れた。マンション前の芝生でサッカーを始めた。アツキ君は上手だった。修平が豪快に空振りをしてその場に尻餅をつくとアツキ君が大声で笑った。小林も思わず声を出しそうになった。ぐっと笑いをこらえているとマンションのベランダに鴻池祐喜が姿を現した。ビデオカメラと一〇〇〇ミリの望遠レンズを装着したカメラで祐喜を捉える。祐喜は険しい怒気をたたえた目を二人の子供に向けていた。驚いたことに、サバイバルナイフを手にしている。

「キャップ、やばい目してますね」

タッグを組んでいる太田巡査部長が言った。

「太田部長もそう思うかい？　子供の声に敏感に反応するのかな」

「しかし、あの大きい方の子、下手ですね。僕も笑っちゃいましたよ」

「ああ、あの子ね。うちの子だよ」

「ええっ。キャップのお子さんだったんですか」

「そう。しかし、あそこまで運動神経がないとは思わなかったな」

「しかし、足は速いですよ」

「いいよ今更。ん、待てよ」

「どうしました？」

小林は以前、修平が言っていた「兄ちゃん」のことを思い出した。

「いや、以前息子が言っていたんだが、空き缶を投げつけたりする男がいると言っていた。ナイフも持っているらしい」

「危ないんじゃないですか？」

修平はやはりお尻が痛いらしく、サッカーをやめてアッキ君と一緒に自転車に乗って移動していった。祐喜はその姿をジッと目で追っている。

その夜、撮影した写真を修平に見せると、

「父ちゃん、この兄ちゃんだよ。僕たちに空き缶投げつけるの」

「やっぱりそうか。今度しっかり叱ってやるから、協力してくれ」

「うん。でもナイフも持ってるから気をつけてね」

「それは犯罪だから、その時は捕まえてやる。その時は『父ちゃん』と呼んじゃあダメだぞ。アッキ君にもそう言っておいてくれよ。ところで修平、お前、今日思いっきり空振りしたろう？」

「え？　なに？」

「アッキ君とサッカーの練習してる時だよ」

「ああ、そのこと？　あれはねアウトサイドキックで回転を掛けようと狙ったら失敗したんだ。難しいんだよあれは」

小学校低学年がそこまで言うか……と思った小林だったが、そこまで育ってくれた修平が愛おしく思えるとともに、加藤の血を引いているだけに運動神経は抜群なんだろうとも思い直した。いつか修平にも本当のことを伝えてやらなければならない。もうその時間が迫ってきているような気もしていた。

修平の後ろから写真を眺めていた陽子が数枚の写真を手にとって言った。

「この子の目、怖いわね」

「そう、その影が気になるんだ」

「すぐにキレそうな感じ。昔、取り扱った覚醒剤使用の交通違反者にもこんな目の男がいた」

小林は修平を囮《おとり》に使った指紋採取を思いついていた。数日後、学校から帰ってきた修平に言った。この日はアツキ君と遊ぶ日であることを予め聞いていた。また祐喜を視察しているチームから、本人の在宅を確認していた。

「修平、今日はアツキ君と思いっきり大きな声で騒いでくれ。誰かに叱られたら素直に『ごめんなさい』を言うんだぞ」

「うん。わかった。あの兄ちゃんを叱ってくれるんだろ?」

「そうだ。ママには内緒。男同士の秘密だ」

「うん」

修平は元気に答えてアツキ君の家に行った。やがてマンション前の芝生でサッカーを始めた。今日は前回と打って変わってちゃんとボールを蹴っていた。

「アツキ、もっと後ろ！」

修平が指示どおりに大声を出している。ロングパスの練習を始めたようだった。

「修平、いくぞ」

元気な声がマンションに響いていた。横を通る大人はこの光景を微笑ましげに見ている。そこに二人友達が合流してさらに賑やかになった。

「こりゃ、住民に迷惑だったかな」

小林が呟くと、太田巡査部長が目を見開いて言った。

「キャップ、出てきました」

マンションのベランダに祐喜の姿があった。一、二分眺めていたが部屋の中に入っていった。

「降りてきますかねえ」

「今までの傾向では、あの自動販売機の陰のところで睨んで、何度か空き缶を投げつけたらしい」

予想どおり祐喜がその自動販売機のところに現れた。自分で自動販売機にお金を入れて買っている。

「自分で買ってますね」

祐喜は一口二口缶に口を付けて、残りの中身を捨てると、おもむろにピッチャーがマウンドで大きくワインドアップするような体勢から、

「うっせーガキ！」

空き缶を子供に向けて投げつけた。

芝生脇のコンクリート部分に空き缶が「カラーン」と大きな音を立てて落ちた。

これに気づいた子供たちは「ワー」と言いながら逃げ出す。太田部長が拠点から飛び出して、

「こらっ。危ないじゃないか」

祐喜に向かって走りながら言うと、彼はエレベーター方向に逃げ出した。

祐喜がエレベーターに逃げ込んだことを確認して太田部長は白手袋を付け、証拠品収集用のビニール袋に祐喜が投げた缶を拾って入れた。


「藤岡。おめでとう。ヒットだ。全指一致した」

「そうか。よかった」

「悪いがすぐに本部に来てくれ。刑事部長と捜一課長に会う」

「わかった」

刑事部長はキャリアの警視監、捜査第一課長は叩き上げの警視正で寺山部長の子飼いだった。

「刑事部長、こちらが山手西署の刑事組対課長、藤岡です」

「この度は厳しい捜査を遂げていただきありがとうございました。先ほど寺山部長から概要を伺いました。捜査以外の面でもご心労をお掛けし、誠に申し訳ありません」

刑事部長は藤岡課長に頭を下げた。

「こちらこそ組織の序列を崩すようなことを致しまして申し訳ありません」

「まあ、それよりも、これからのことを詰めましょう」

寺山部長が割って入った。

「広田課長、どうするんだ」

捜一課長の広田は敬愛してやまない寺山から救いの手を伸ばしてもらっていることに感謝しながらも、複雑な心境だった。現在の捜査本部指揮官と山手西署の副署長を指名した張本人だったからだ。これは、当初から事件に携わった者を充てたためで、最初の人選を誤った当時の捜一課長に責任があることは確かだったが、それを口に出すことは当然ながら憚《はばか》られた。

「来週、指揮官として理事官を派遣しようと思います」

広田捜一課長はすでに手筈を決めている様子だった。寺山部長はこれを聞いて、頷いた。

「それで副署長は押さえられるんだな。では藤岡、明日付けで小林君に捜査報告書を上げさせてくれ。証拠品も添付してな」

藤岡課長は寺山部長の配慮に感謝して言った。

「わかった。そうしよう」

藤岡課長が答えると、寺山部長が頷きながら言った。

「しかし、駐在にしておくには実にもったいないな。武田前学校長から説得してもらうかな」

陽子の父親は警察学校長を経て中部管区警察局長になっており、次期警視庁地域部長と目されていた。刑事部長も小林の家族関係をすでに知っているらしい。

「武田さんのお嬢さんが奥様でしたね。やはり警視庁という組織は面白いところですね。こんな人がいるんですからね。奥が深いというか、普通では考えられない。ねえ、寺山さん」

一週間後、テレビ画面にニュース速報が流れた。

「山手西一家殺人事件犯人逮捕。犯人は二十歳、事件当時十七歳の少年」

エピローグ

「健君、相変わらず素晴らしい仕事をやっているようだね」

陽子の実家で、義父と和室の飯台で向かい合って杯を交わしたところで義父が切り出した。

義父の武田俊一は中部管区警察局刑事部長として出向しており、この四月の人事異動で、警視庁本部の部長として帰還するという噂が広がっていた。

「ありがとうございます。みんなに助けてもらいながら、なんとか地域の安全に貢献できるようになってきました」

「先日、生安部長の寺山さんと話す機会があって、君の話題で盛り上がったんだよ」

「私も先日初めてお目にかかりました。ああいう方がトップにおられると我々にとっても嬉しい限りです。お義父さんもこの春には部長でお帰りだとか……」

義父は杯を手にしてちらりと上目遣いで小林を見ながら言った。

「ほう？　そんな話が伝わっているのかい？」

「いや、うちの課長が寺山部長から伺ったそうです」

「そうか。まあ、来週あたりには内示があるだろう。組対部長だ」

「生安部長ではなく、組対ですか？」

「どうやらそうらしい」

確かに組織犯罪対策部は警察組織の中では新しい部門ではあったが、そのトップはこれまでキャリアが占めてきたポストである。

「古巣の仲間はお喜びでしょうね」

「いや、厳しい大改革をするための起用だと思っている。丸二年の任期があるからな」

小林は義父の杯に酒を注ぎ、改めて乾杯をしながら言った。

「そうですか。でも、それは組織にとってもいいことです」

「うん。ありがとう」

杯を一旦置いて義父の武田がポツリと言った。

「ところで、駐在は好きか？」

「はい。好きです。確かに二足の草鞋《わらじ》を履きながらの仕事ですが、駐在は好きです」

義父は小林の杯に酒を注ぎながら、独り言のように言った。

「そうか。しかし、寺山さんは『もったいない』と何度も言っていた」

「この四年間の仕事は、すべて山手西という地域にいたからこそできた仕事です」

「確かにそうだがな。何といっても全国有数の高級住宅地だ。社会的にもそれなりの人達が住んでいるからな……」

「はい。私はまだ、受持区の住民すべての方と会って話をしたわけではありません。駐在という職に就いたからにはそれをやり遂げたいと思っています。四年かかってようやく半分の方々とお会いしましたが、転居される方も多いですから、目標到達はいつになることやら……です」

「四年で半分か……。昔、といってもオウムの頃、二〇〇パーセントの面接率なんて言ってたのはどういうことだったんだろう?」

「あんなのは、嘘っぱちというより、数字のマジックですよ。四人家族の家に行っていても、家族とは一度も会わず、お手伝いさんに会っただけで『実態把握』と称していただけです。現場の連中はみんな知っていますよ」

そう言って小林は続けた。

「今の若い子たちは、コミュニケーション能力が乏しいんです。警視庁の先が思いやられます。それに、警察学校は職業訓練学校なのに同胞意識、同じ釜の飯を喰った仲という意識が全くありません。確かに今の警察学校や所轄の単身寮では同じ釜の飯を喰っていませんけど……私は駐在と組対係長を兼ねながら、所轄で少しでも若い警察官を育ててみたいと思っています」

完全個室の独身寮が警察学校入校から当たり前となり、食事もカフェテリア制度が導入されて以来、プライバシーは守られる半面、組織にとって重要な共同意識が希薄化してきている。

「本部じゃできない仕事というわけか? 現場は相当苦労しているということなんだろうな」

話が一段落したところに修平が入ってきた。

「おじいちゃま。父ちゃん、犯人を捕まえたんだよ」

「そうだね。修平の父ちゃんは強くていいな」

「うん。先生も、父ちゃんのこと、かっこいいって言ってた」

「そうか。そうか。よしおいで」

先ほどまで厳しかった義父の目が孫の前では好々爺のまなざしに変わっていた。修平を膝の上に抱くと、正月以来久しぶりに見る孫の頭をゆっくりとなでた。そこへ陽子も燗をつけた徳利を二本、お盆に載せて入ってきた。まず父親に酌をし、そして小林の大きめのぐい飲みになみなみと酒を注いだ。

「深刻なお話は終わったの？」

「たまには真面目な話もするさ。なあ、小林君」

「何が小林君よ。以前は健ちゃんって呼んでたじゃない」

「そうだったな。はっはっは。仕事モードに入っていたからな」

「やめてよ。そんなの」

この父親にこれだけのことを言えるのは娘の陽子しかいなかった。溺愛されている娘の特権でもあった。

「あら、修平、珍しいわね。おじいちゃまのお膝に乗って」

修平もさすがに照れくさかったのか、

「向こうでアルトと遊んでくる」

陽子の実家で飼い始めたジャックラッセルテリアの子犬が気に入ったらしく、祖父の膝からぴょんと飛び下りると、部屋を出て行った。その姿を見送りながら、義父は目をさらに細めた。

「いい子に育っている」

小林も陽子も修平の姿を目で追っていた。

「そういえば、加藤の家の姉さん、名前なんて言ったかな」

突然話題を変えた父親の顔を二人は驚いて見ながら、陽子が答えた。

「明子姉さんですか？」

「そうそう。彼女、婿さんを取るみたいだな」

「ええっ？　どうしてお父さんがそんなこと知ってるの？」

陽子は驚いた声をあげ、一瞬小林の顔を見たが、改めて父親を見て尋ねた。

「葬儀を仕切った、人事一課の警部補が見染めたらしい。なかなかいい男らしいぞ。婿に入ることも承知したそうだ。今週、人一の理事官から『御親戚の事だから』と報告がきたからな」

「人一の警部補なら優秀な男でしょう。これで加藤家も安泰でよかったですね」

小林もなんだか肩の荷が下りたような気がして言った。陽子にとってはそれ以上の安堵感があったのだろう。目にうっすらと涙を浮かべて言った。

「今週あたり、明子さんから連絡があるかな……」

「では、加藤家の繁栄を祝って乾杯しましょう」

陽子にも杯を勧めて三人で静かな乾杯をした。ぐい飲みを置いたところで、小林がおもむろに語りだした。

「実は、そろそろ修平に父親の話をしてやろうかと思っています」

これには義父の武田も陽子も驚いた様子で、陽子が口を開いた。

「突然どうしたの？」

小林はゆっくり、言葉を選ぶように話し始めた。

「本当は、修平が小学生になる前に本当のことを話しておこうと思っていた。あいつは理解力もあるし、ちょうどいいタイミングじゃないかと思っていたんだ」

義父の武田は腕組みをして目を瞑りながら顔を天井に向けた。陽子はじっと小林を見つめていた。小林は父娘の二人を交互に眺めながら続けた。

「時機を逃すと次のタイミングが難しいと思うんです。そのうち、血液型や戸籍の問題で本人にはわかることですから」

「自分の子供は作らんのか？」

これには、陽子が驚いて言った。

「何を言ってるの、今、そんな話をしている時じゃないでしょう？　馬鹿じゃないの？」

「何が馬鹿だ。男なら自分の子供が欲しかろう。お前だって小林君の子供が欲しくないはずがなかろう？」

小林は思わぬ方向に話題が向いたことに戸惑った。すると陽子の口から思わぬ台詞が飛び出した。

「私だって健さんの子供は欲しいわよ。でも、彼の気持ちも考えてあげなきゃ」

陽子の言葉に小林はその後を取り繕うことができないでいたが、義父は気まずい空気を察して、妙に明るい声で言った。

「孫が多いのはいいぞ」

小林と陽子は顔を見合わせて思わず笑った。


春の全国交通安全運動が始まった。

学園前の横断歩道脇に仮設テントが設置され、町会や安全協会の役員が交代で数人ずつ常駐している。春と秋の風物詩のようだが、小林はこの仮設テントを見る度に、加藤を失った時の献花台を思い出してしまう。

「小林さん。犯人、捕まってよかったなあ」

「そうですね。これも皆さんのご協力のおかげです」

小林は犯人逮捕の当日、家に帰って涙を流して喜んだ陽子と修平の姿を思い出した。

「父ちゃん。ありがとう」

修平はこの逮捕に協力してくれた、重要な存在だった。

「修平、父ちゃんも修平に心から感謝しているよ。本当にありがとう」

小林は「ヒシ！」と口に出しながら修平をヒシと抱きしめていた。

「駐在さんのお子さんは三年生だっけ？」

顔なじみの町会の役員の声で、小林は我に返った。

「はい、ここにきて四年ですからね」

「四年かあ、もっと長く付き合ってるような感じだけどね」

「そう言って頂けるとうれしいですよ」

「噂では、駐在さんは有名な刑事さんなんだって？」

「たいしたことはありませんよ。いい部下がどんどん育っていますから。すぐに追い抜かれてしまいますよ」

「いや、地元では大評判だよ。我々も鼻が高いというもんだよ」

「いやいやとんでもない」

警察の後援組織には警察署ごとに警察懇話会という地元の名士が集まった団体の他、警察活動を直接支援する防犯協会、交通安全協会等があり、これに母の会や少年柔剣道など実に幅が広い。このボランティア団体が警察と地域の大きな絆となって、地域の安全に大きく寄与している。懇話会の役員を務める大手損害保険会社の役員が口を挟んだ。

「そういえば、小林さんの受持区内でＮＰＯができるって話、知ってるかい」

「ＮＰＯですか？」

「そう、非営利活動っていうのかな？　何でも、地域安全に関する団体らしくて、この種のＮＰＯは全国では初めてのものなんだそうだが、欧米では既にできているらしいよ」

「欧米化……ですか？」

小林が真面目な顔をして言った一昔前のお笑いネタに、周囲に笑いがこぼれた。

「なんでも、あのケチで有名な闇金融の帝王が言い出しっぺらしいよ」

「何があったんでしょうね」

「それが、小林さんが地域の安全に尽力している姿を評価して、懇話会に申し入れたらしい。その話があっという間に広まって、署長も同意したそうだよ。発起人会は既に開かれていて、十人の著名人が名前を連ねているらしいよ」

ＮＰＯ団体は人々の善意の寄付によって運営される。

闇金融の帝王が私財から一億円をポンと出したらしい。あの剛の父親である。どうやら剛は経済ヤクザから足を洗ってカタギの世界に入ることを決めたらしかった。国内最大の暴力団組織から足を洗うのは大変なことなのだが、親父の後を継ぐために、どうやら自分で築いた企業を全て組織に引き渡すことで合意を得たようだった。

「マスコミも放っておかないんじゃない？　小林さんなんか一気にスターになっちゃうんじゃないの？」

「勘弁して下さいよ。私はこの街が全国一安全安心な街になってくれることだけを生きがいにしようと思っているんですから」

小林は真摯に答えた。

「いやいや、その姿をこの街のみんなが認めているから、その応援団としてＮＰＯを作ろうってことになったんだよ」

「ありがたいことです」

小林は頭を深々と下げると、胸に熱い炎が宿ったような気がした。


小林は修平の始業式の前々日、実の父親の話を伝えた。修平はジッと小林の目を見据えて聞いていたが、父親の最期の姿を聞いた時に大粒の涙をこぼした。横にいた陽子も同じだった。

「明日、三人で修平のお父さんのお墓参りに行こう」

翌日、三人はまず皇居北の丸公園の日本武道館脇にある慰霊堂に向かった。ここは警視庁と東京消防庁の殉職者を祀る慰霊施設である。そして警視庁本部庁舎一階にある警視庁警察官殉職者顕彰碑で父親の名前を確認させ、青山霊園にある、加藤が眠る墓に連れて行った。墓前に修平も花と線香を供え神妙な面持ちで合掌していた。

墓地内の麻布方面に下る坂道は満開の桜のトンネルだった。薄桃色に包まれた歩道を歩きながら修平が嬉しそうな顔をして言った。

「僕には父ちゃんとお父さんがいるんだ」

賢く育った修平の一言に三人は思わず周囲の目を憚ることなくきつく抱き合った。この時、加藤が見守ってくれているかのように一陣の風が吹き、薄桃色のソメイヨシノの花吹雪が三人を包んだ。


今期最初の登校生が母親と一緒に近づいてきた。

「さあ、そろそろ、始めますか」

小林は帽子をかぶり直し、停止灯を手にして眩しく感じられるほどの真っ青な空の下をゆっくりと横断歩道に向かって歩き出した。

「ごきげんよう」

「はい、ごきげんよう」

「ご苦労様です」

「おかあさんこそ、ご苦労様です」

「おはようございま～す」

「はい、おはよう」

今年もまた日課の学童整理が始まった。朝の風が小林の頬に心地よく当たった。

数十メートル先に、陽子と修平が並んで近づいてくるのが見えた。小林の姿を認めた二人が頭の上で大きく手を振りながらみせた満面の笑みが小林の心をさらに明るくした。

本作品はフィクションであり、実在の人物、組織、事件とは一切関係ありません。

初出……………「週刊現代」二〇〇九年十一月十四日号〜二〇一〇年五月八・十五日合併号
装丁……………多田和博
カバー写真……毎日フォトバンク
カバー地図……『街の達人　東京詳細図』地図使用承認©昭文社第10E033号
画像合成………高橋由子

濱 嘉之（はま・よしゆき）
1957年、福岡県生まれ。中央大学法学部法律学科卒業後、警視庁入庁。警備部、公安部、内閣官房などに勤務。'07年『警視庁情報官』で作家デビュー。他の著書に、『公安特命捜査 警視庁情報官II』『電子の標的 警視庁特別捜査官・藤江康央』がある。

世《せ》田《たが》谷《や》駐《ちゅう》在《ざい》刑《で》事《か》
二〇一〇年六月二十五日 第一刷発行

著者 濱《はま》 嘉之《よしゆき》
発行者 持田克己
発行所 株式会社 講談社
東京都文京区音羽二－一二－二一
〒一一二－八〇〇一
電話 編集部〇三－五三九五－三四三八
販売部〇三－五三九五－四四一五
業務部〇三－五三九五－三六一五
印刷所 凸版印刷株式会社
製本所 黒柳製本株式会社

定価はカバーに表示してあります。
落丁本・乱丁本は購入書店名を明記の上、小社業務部あてにお送り下さい。送料小社負担にてお取り替えいたします。
なお、この本についてのお問い合わせは第一編集局週刊現代編集部あてにお願いいたします。

ISBN978-4-06-216280-7 N.D.C.913 300p 20cm

ISBN978-4-06-214341-7 定価:本体 1700 円(税別)